आलोक रंजन

आलोक रंजन का जन्म 18 मार्च, 1984 को बिहार के सहरसा में हुआ। शिक्षा-दीक्षा बिहार से लेकर दिल्ली तक। दिल्ली ने ही व्यक्तित्व को ज़रूरी मज़बूती दी। हिन्दी और शिक्षा दोनों में परास्नातक। छपने की शुरुआत 2004 से हुई। तब से विभिन्न पत्र-पत्रिकाओं में कहानियों और यात्रा सम्बन्धी लेखों का प्रकाशन। दक्षिण भारत की यात्राओं पर केन्द्रित किताब 'सियाहत' के लिए उन्हें 2017 के 'भारतीय ज्ञानपीठ नवलेखन पुरस्कार' से पुरस्कृत किया गया।

सम्प्रति : हिमाचल प्रदेश में अध्यापन

ई-मेल : alokranjan7@gmail.com

रोटी के चार हर्फ़

आलोक रंजन

लोकभारती पेपरबैक्स

लोकभारती पेपरबैक्स में
पहला संस्करण : 2025

लोकभारती पेपरबैक्स : उत्कृष्ट साहित्य के जनसुलभ संस्करण

लोकभारती प्रकाशन
पहली मंजिल, दरबारी बिल्डिंग, महात्मा गांधी मार्ग
प्रयागराज-211 001
द्वारा प्रकाशित

शाखाएँ : 1-बी, नेताजी सुभाष मार्ग, दरियागंज, नई दिल्ली-110 002
अशोक राजपथ, साइंस कॉलेज के सामने, पटना-800 006
1, अनमोल सोराबजी सन्तुक लेन, धोबी तलाव, मरीन लाइंस, मुम्बई-400 002

वेबसाइट : www.lokbhartiprakashan.com
ई-मेल : info@lokbhartiprakashan.com

विकास कम्प्यूटर एंड प्रिंटर्स
ट्रॉनिका सिटी-201 102
द्वारा मुद्रित

मूल्य : ₹250

ROTI KE CHAR HARF
Stories by Alok Ranjan

ISBN : 978-93-49180-72-7

श्रुति और श्लोक के लिए

क्रम

इस दुनिया के किनारे

वह दुपहिया भट-भट की आवाज़ के साथ गुज़र तो गई लेकिन बीपी की नींद को गीले काग़ज़-सी फाड़ती हुई गई। उसकी नींद में तेज़ आवाज़ के टुकड़े इधर-उधर भटकने लगे। अचानक से कई आते-जाते पैर और आड़ी-तिरछी आवाज़ें सामने आ गईं। इन सबके घालमेल से थोड़ी देर के लिए सब कुछ अस्पष्ट-सा हो गया। सड़क के किनारे बैठे-बैठे वह जब भी झपकी लेता, तब ऐसा ही होता था। नींद से बाहर आकर वह घबरा जाता। फिर उसे और दुनिया की टाँगों, चेहरे व आवाज़ों को तरतीब में आने के लिए हर बार थोड़ा वक्त लगता था!

वह दिल्ली की एक सीधी-सपाट सड़क थी, जिसकी ख़ूबसूरती शाम ढलने के बाद ही उभरती थी, जैसे अँधेरे के साथ उसका बहनापा हो। तभी तो कार की रोशनी से ठेले में पड़े सन्तरे और कानों में लटकते झुमके एक साथ चमक उठते थे। दोनों ओर खड़े घरों के झुंड सड़क को घेरे रहते और नदी के किनारे खड़े पहाड़ों की तरह उसके बहाव को नियंत्रित करते रहते। पहाड़ों से नीचे उतरते पानी की तरह घरों से निकलकर लोग सड़क के प्रवाह में शामिल हो जाते। उस सड़क पर वह सब कुछ था, जो दिल्ली की एक सड़क होने के लिए चाहिए थे। वहाँ तोड़-फोड़ थी, सीवर की सफाई से निकली काली गाद के साथ खड़े समोसे-जलेबी के ठेले और सबसे बढ़कर भीड़ थी। उसी सड़क पर बीपी की चार बाई पाँच की प्लास्टिक की चादर पसरी रहती, जिस पर फ़िल्मी कलाकार और देवी-देवताओं के पोस्टर बिकते थे। पोस्टर में बसे चेहरे धूल-धक्कड़ और उस बदबूदार काली गाद के पास

रहकर भी मुसकराते रहते। बीच में, बीपी छोटी-सी डंडी में बँधे कपड़े से उन्हें सहला देता तो वे चेहरे गुदगुदी से भर जाते!

"सब्जी-मंडी से आते-जाते लोगों की नजर यहाँ ज़रूर पड़ेगी इसलिए यह जगह ठीक है।"

ऐन बाईं ओर से यह स्त्री स्वर आया था। वहाँ प्लास्टिक की एक नारंगी रंग की चादर बिछाई जा रही थी। पास ही एक बड़ा-सा थैला रखा था। ज़ाहिर है उसमें बेचने की चीज़ें होंगी। हर शाम लगनेवाली सब्जी-मंडी के आस-पास ऐसी दुकानों का लगना कोई नई बात नहीं थी जो उस पर इतना ध्यान दिया जाता। बीपी अपनी दुनिया में खो गया। शहर भले ही पेरिस हो जाए पर लोग गुटखा, सिगरेट तो नहीं छोड़ देंगे न। लैपटॉप और मोबाइल के वालपेपर के साथ अपनी दीवारों पर भी पोस्टर रखेंगे यहाँ के लोग। नया आता रहता है लेकिन पुराना नहीं जाता। पुराने को पकड़े रखने की जिद के बीच से ही गन्ने का रस बेचनेवाले को, मिट्टी के दीयेवाले को, नानखटाई बनानेवाले को रोजगार मिल रहा था। वह इधर अपने पोस्टरों की ओर ध्यान लगाने की कोशिश कर रहा था लेकिन मन था कि बाईं ओर ही मुड़ना चाहे! इस बार नज़र घुमाई तो बगल का नज़ारा बड़ा ही आकर्षक हो चला था। नई-नकोर सन्तरी प्लास्टिक की चादर पर एक ओर कई रंगों के मोजे और दूसरी ओर रुमालों का ढेर। वहीं आधे लीटर की ठंडे की बोतल में पानी भी रखा था। सबसे खास बात, यह सब भूरा मोजा पहने एक स्त्री ने अपने सामने पसार रखा था। बीपी को लगा, वह काफी देर से उसे घूर रहा हो, इसलिए उसे यह सब बन्द करना था। उसने सीधे होकर किसी तसवीर के माथे को पोछना शुरू कर दिया जैसे वहाँ पसीने के बुलबुले फूट रहे हों। वह प्लास्टिक की गन्ध से समझ सकता था कि स्त्री पहली बार कुछ बेचने बैठी है। इस मामले में 'पहली बार' वाली बात तो किसी भी तरह विशेष नहीं थी। उसे अपना पहली बार दुकान पसारना याद आ गया। वह भी तो इसी की तरह आकर खामोश बैठे-बैठे सड़क को एकटक देख रहा था उस दिन। न दाएँ देखना, न बाएँ, बस मन में शर्म की पूरी झिलमिल नदी लेकर

बैठा रहा था। जब शाम हुई और घरों के कोनों में छिपा अँधेरा लोगों के पैरों में लिपटकर बाहर आया तो उसे थोड़ी राहत हुई। उस समय उसे लगा कि कोई उसे नहीं देख रहा। सब अँधेरे में चमकती हुई चीज़ों पर उड़ती-उड़ती नज़र डालते जा रहे थे।

"अम्मा नमस्ते!"

"नमस्ते बेटा...क्या चाहिए? मोजा या रुमाल?"

"अम्मा मैं कुछ खरीदने नहीं आया हूँ...मेरा लाइट का काम है। यहाँ सब्जीवाले से लेकर पूजा-पाठवाले तक जो भी बाहर दुकान लगाते हैं, सब मेरी दी हुई बैटरीवाली लाइट लगाते हैं। अँधेरा होने से पहले मैं इन्हें लगा जाता हूँ और सब लौटते हुए मेरे ठेले पर वापस रख जाते हैं...तुम भी लगा लो अम्मा...महीने के तीन सौ रुपये बस!"

स्त्री ने पहली बार दाएँ देखा था। उसका उलझनभरा चेहरा तय नहीं कर पा रहा था क्या करे! घुटी चाँद वाले इस बूढ़े से कुछ कहना भी अजीब लगा हो उसे पर बीपी तो सब समझ रहा था न!

"बेटा इसने तो अभी-अभी दुकान लगाई है...पता नहीं रोज के पन्द्रह रुपये भी बचेंगे या नहीं। अभी किस उम्मीद पर तुम्हारी लाइट लगवाकर बैठ जाएगी, बोलो?"

"ताऊ, तू अपना देख! तूने ख़ुद नहीं लगाई लाइट, मैंने कुछ कहा?"

"मैं तो फिर कहूँगा बेटा कि इसकी दुकान जग जाने दे फिर आना।"

"अम्मा तू इसकी बातों पर ध्यान मत दे...अँधेरे में जो चीज़ ज़्यादा चमकेगी, लोग उस पर उतना ही ध्यान देंगे...तू क्या चाहती है, तेरे रुमाल और मोजे नहीं बिकें?"

स्त्री ने एक बार फिर से दाएँ देखा तो बीपी को लगा वह सीधी मदद माँगने के लिए ही देख रही है। वह उठकर खड़ा हो गया। खड़े होने के क्रम में ही हड्डियों के चटखने की आवाज़ आई। उस आवाज़ ने उसके आत्मविश्वास के गुब्बारे में छेद कर दिया। हवा थोड़ा-थोड़ा करके रिसने लगी। उसी क्षण उसे लगा कि वह और बूढ़ा हो गया है, जबकि उस समय

उसे जवान होने की ज़रूरत थी। उसका खड़ा होना ऐसा था, जैसे चिड़ियों को भगाने के लिए खड़ी की गई कोई आकृति। लेकिन उस निरुपाय स्त्री ने इसकी ओर देखा था, यह बात उसे खड़ा किए हुए थी।

"ओ भाई, कितनी बार समझाऊँ कि इसे रोशनी की ज़रूरत नहीं है... वैसे भी यहाँ ठीक-ठाक रोशनी पड़ती है...तू अब...।"

"बुड्ढे तू क्यों चौड़ा हो रहा है? इसे बात करने दे न। तू लड़ना चाहता है के...?"

"बेटा ये ठीक ही तो कह रहे हैं...आज ही दुकान लगी है और एक रुमाल तक नहीं बिका है। यही हाल रहा तो दो चार दिन में दुकान ही न उठानी पड़ जाए...कहाँ से लाऊँ तेरी लाइट के पैसे? मुफ्त में देगा?"

लाइटवाले को मुफ्त में कुछ नहीं देना था। कौन ही देता है मुफ्त में कुछ! उसे असफलता हाथ लगी, बुढ़िया फँसी नहीं। शाम हो रही थी और पश्चिम की ओर आकाश में लाली छाने लगी थी। लाइटवाले को अपने ग्राहकों तक पहुँचना था। वह बीपी पर नुकीली दृष्टि डालता हुआ चला गया। कोई और वक्त होता तो वह चिल्ला-चिल्ला कर सवाल-जवाब करता और बोरियत के इन पुतलों को ठीक ज़रूर करता।

किसी की नज़रों में सही होने से मन के भीतर कैसी खुशी तैरने लगती है, यह उस समय बीपी को देखकर कोई भी समझ सकता था। बड़े दिनों के बाद किसी ने उसे सही कहा था। वह 'बेटा ये ठीक ही तो कह रहे हैं' के 'ये' को अपने भीतर ढूँढ़ने लगा। उसकी आँखें खुली थी पर दिख कुछ नहीं रहा था। बस छाती चौड़ी हुई जा रही थी। लाइटवाले से बचाना कम बड़ी बात नहीं थी। रूखे और खुरदरे समय में स्निग्धता का एहसास घुल रहा था। मुरझाए मन पर पानी के कुछ छींटे पड़े थे, उसके चेहरे पर मुस्कान थी, ठीक जीतनेवालों के जैसी। अब वह आराम से बाईं ओर देख सकता था। स्त्री भी तो इसे देख रही थी!

बढ़ते अँधेरे में रोशनी और चमकीली हो उठी थी। लोग थके मनों को आराम देने निकले थे। सड़क पर पड़ते क़दमों में एक खुशनुमा सुस्ती थी। अँधेरा और बढ़ा तो कदमों में तेज़ी भरने लगी थी, अपने-अपने घरों में घुसने की तेज़ी। बीपी भी अपने पोस्टर समेटकर साइकिल पर रखने लगा। बाईं ओर बैठी स्त्री कब की जा चुकी थी, बिना कुछ कहे। इससे तो अच्छा यही होता कि वह उसे लाइट लगवाने देता। उस बहाने देर तक तो बैठी रहती। ठीक उसी क्षण उसे अपने ऊपर तरस आया, वह कमजोर-सा होने लगा। अकेलेपन का तीखा स्वाद उसके चारों ओर की हवा में उड़ने लगा। किसी को देखकर ही उसकी ज़रूरत क्यों महसूस होती है? प्लास्टिक तह करके कैरियर में दबाने के बाद बारी थी साइकिल को घसीटने की। इतनी हिम्मत ही नहीं बची थी कि वह चढ़कर चलाने लगे!

तैयारी से ठीक पहले जैसे तालीम की तालीम...

रात कैसी भी बीती हो लेकिन आनेवाले दिन में कुछ तो नए की उम्मीद रहती ही है। अगले दिन बीपी की दुकान दो बजे ही लग गई थी, इतनी जल्दी उसे वहाँ देखकर कोई भी समझ सकता था कि दिन-भर उसका मन किसी काम में नहीं लगा होगा। लेकिन बीपी को लग रहा था कि पूरा वातावरण दिन-भर बेमन ही रहा होगा और सब जल्दी-जल्दी निकलकर सड़क पर आ गए होंगे। वह बार-बार बाएँ देख रहा था और हर बार उसे खाली जगह ही दिखती थी। इसे कैसे देखा जाए, पता नहीं लेकिन वह बाईं ओर की उस जगह तक से आकर्षण महसूस कर रहा था। उसने एक बार दूर तक नजर दौड़ाई, वहाँ तक, जहाँ यह सड़क खत्म होकर मोटी सड़क के पेट में तीर-सी घुस जाती है। वह नहीं दिखी। ऐसा नहीं था कि लोग आ-जा नहीं रहे थे लेकिन सड़क पर कहीं भी वह नहीं थी, जिसके लिए बीपी इतनी जल्दी आ गया था। यह तो कुछ ज़्यादा ही हो रहा था। बुढ़ापे में खास लड़कों जैसा आकर्षण! झेंपते हुए मुसकराना बहुत दिनों के बाद हो रहा था।

उसने आते ही अपनी एक दिन पुरानी जगह पर नारंगी प्लास्टिक बिछा दी। बीपी ने जबसे उसे देखा, तभी से खिल रहा था। नजदीक आने पर वह भी हौले से मुसकराई थी। ठीक उसी समय लगा कि सब कुछ कल जैसा ही है बिलकुल ठीकठाक और कुछ ज़्यादा ही तरोताज़ा। वह उसे देखता ही जा रहा था।

"कल आपके चले जाने के बाद दो-तीन ग्राहक आए थे...।"

"सच में? फिर तो मुझे देर तक रुकना चाहिए...।"

"हाँ यह ठीक रहेगा।"

वह रुमालों को पसार रही थी। चालाकी क्या कच्ची उम्र के लोग ही कर सकते हैं! देर तक बैठने के लिए बीपी इस तरह के कई झूठ बोल सकता है। ज़िन्दगी के कुछ क्षण ऐसे होते हैं, जिनमें झूठ-सच सब अर्थहीन लग रहे थे। वे क्षण कई बार खुशनुमा भी हो सकते हैं। अपेक्षाकृत दुबली और लम्बी वह स्त्री अपने दिनों में सुन्दर रही होगी, यह सोचकर बीपी उसकी ओर फिर से देखने लगा।

उसी सड़क पर बैठे-बैठे किसी और शाम, वह अपनी बेकार पड़ती ज़िन्दगी के बारे में सोच रहा था। उसने अपनी ज़िन्दगी की बेकारी को नाले में पड़े प्लास्टिक के थैले के समान पाया। वह थैला बस इसी काम का था कि गन्दे पानी का रास्ता रोक सके। साफ़ पानी की हँसी तो वह बिलकुल भूल गया था। अब उसे अपने आस-पास साफ़ पानी की ध्वनि सुनाई देती थी, वह उस आवाज़ में बह जाना चाहता था।

"आपके घर में सब ठीक हैं?"

"हाँ सब अच्छे हैं...।"

"यह लड़का जो सामान रखने आता है, वह आपका बेटा है?"

"हूँ..."

"आपकी बड़ी इज़्ज़त करता है...।"

"इज़्ज़त कैसे?"

"आप घर से सामान ढोकर नहीं लाती, आपका बेटा लाता है, यह क्या कम इज़्ज़त की बात है!"

कहकर वह ख़ुद ही हँस पड़ा! उसकी हँसी के पीछे जाने की ज़रूरत थी। हँसी जिस बात से जान छुड़ाकर भाग रही थी, वह जानना था। उस सड़क पर लोग नहीं बदलते। उस शाम भी लगभग वही लोग थे, जो रोज़ सब्जियों के ठेलों के सामने की हवा को धकेलकर खड़े होते थे। सीधी देखती हुई वही आँखें होती थी। शिकार देखकर आसमान में मँडराती चीलों की तरह किसी सुन्दर लड़की के आस-पास चक्कर काटनेवाले लड़के भी नए नहीं थे। असल में नैन-नक्श में थोड़े से अन्तर के साथ सब वही तो थे।

"आपके घर में कौन-कौन हैं?"

बीपी के कान चौकन्ने थे। उसने झट से चेहरा घुमाया। यह सवाल उसी के लिए था और जवाब भी तैयार था लेकिन अचानक पूछे गए इस प्रश्न का उत्तर देने में गला, पहली बार में विफल हो गया। दूसरे ही क्षण एक गम्भीर खरखराहट हुई, उसके बाद ही चमड़े के पुराने थैले से आवाज़ें आ सकी।

"मेरे घर में होने के लिए और कोई नहीं है। मैं ही घर हूँ...।"

"ऐसा क्यों कहते हैं आप?"

"ऐसा ही है, इसलिए कहता हूँ...सात साल पहले पत्नी मर गई, तब से अकेले...।"

"और बच्चे नहीं हैं?"

"किसी को आपके साथ रहना पसन्द नहीं और जो आपको छोड़ गया हो, उसे था कहेंगे या है?"

"मतलब?"

"एक बेटा था जो काफी पहले हमें छोड़कर चला गया...एक बार लौटा, जब उसकी माँ ज़िन्दा थी...उसके बाद मैं इन्तज़ार ही करता रह गया कि वह आए और मैं उसके साथ हो लूँ या उसे ही रोक लूँ...।"

बीपी चुप हुआ तो लगा सब कुछ उसके साथ ही चुप हो गया। स्त्री उसकी ओर ही देख रही थी। इतने दिनों में पहली बार उसे लगा कि वह उसे नहीं देखना चाहता। उसकी नज़रें भागना चाह रही थी। जुबान की चुप्पी आँखों में समा गई थी। इसी स्त्री से मिलने और बात करने के लिए वह रोजाना दोपहर से ही आकर बैठने लगा था और अब यह चुप्पी!, सामने की सड़क पर शोर बढ़ गया था। सरकारी स्कूल की छुट्टी हो गई थी। ढलती शाम में ये बच्चे चरागाह से लौटते ढोरों के झुंड लग रहे थे। कोई झुंड से अलग हो रहा था। कुछ सींग लड़ा रहे थे। बेटे की याद आते ही एक कड़वाहट भर गई। बच्चों के निकल जाने के बाद उनकी भनभनाहट भी चली गई। उन आवाज़ों के जाने से जो जगह खाली हुई थी, उसे भरने के लिए दूसरी आवाज़ चाहिए थी।

"मैं तो कहती हूँ अच्छा ही हुआ कि आप इस उम्र में घर में 'बेकार' 'निकम्मे' बूढ़े जैसी गालियाँ सुनने से बच गए।"

"हाँ जी, न मिले तो अंगूर खट्टे ही हैं।"

कहना यह भी चाहता था कि 'लगता है आप यह सब झेल रही हैं...' लेकिन उसे अपनी ओर देखते हुए तंज़ को और गहरा करने की इच्छा नहीं हुई।

तैयारी बहुत ज़रूरी होती है...

उम्र के सूख रहे पत्ते का डाल से टँगा होना, उसे डाल से और जोड़ देता है। वह अपनी सारी ऊर्जा उस जुड़े रहने में लगा देता है। आस-पास बैठे दो बुजुर्ग उन्हीं पत्तों की तरह थे। वे ख़ूब बातें करते। उनकी बातचीत में रुमाल-मोजे से लेकर पोस्टर के रंग और उनका बाजार भी शामिल रहता। उस दिन बीपी न जाने किस ख़याल से उठा और जलेबी ले आया। दोनों के बीच इतनी बेतकल्लुफ़ी तो आ ही गई थी, दोनों खाने लगे। जलेबी के निपट जाने के बाद बीपी का पहला संवाद उस स्त्री के चेहरे पर मुस्कान ले आया।

"तुमने जलेबी खा ली लेकिन अब तक अपना नाम नहीं बताया।"

"क्यों, जलेबी खाने के बाद नाम बताना ज़रूरी होता है क्या?"

"अरे हमने अपने सुख-दुख की कितनी ही बातें कर ली लेकिन एक-दूसरे का नाम नहीं जान पाए।"

"बिना नाम जाने ही इतना सब जान गए, यह क्या कम है?"

"अरे नाम बताना है तो बताओ, भाव मत खाओ।"

"...उमा।"

"उमा क्या? उमा थुर्मन?"

"अब ये कौन है?"

"तुम नहीं जानती? अरे ये इंगलिश फ़िल्मों की हीरोइन है...मेरे पास पोस्टर भी है...दिखाऊँ?"

"रहने दो...फ़िल्मों के पोस्टर बेचते-बेचते पक्के फ़िल्मी कीड़े हो गए हो तुम।"

"और तुम मोजे और रुमाल बेचते-बेचते कपड़ों का कीड़ा मत बन जाना।" कहते-कहते बीपी ने जोर का ठहाका लगा दिया। उमा भी हँस पड़ी।

"और तुम्हें सब बीपी क्यों कहते हैं?"

"बचपन का किस्सा है...एक बार मास्टर ने ज़ोर की डाँट लगा दी और मैं चक्कर खाकर गिर पड़ा! अस्पताल में बताया गया कि बीपी कम है, लड़के का...इसके बाद हर बड़े मौके पर मेरा बीपी कम हो जाता। परीक्षा देने जाता तो बीपी कम, बाप के सामने जाता तो बीपी कम। बार-बार के इस बीपी कम होने ने मेरे नाम अशोक को काफी पीछे छोड़ दिया। धीरे-धीरे सब बीपी ही बोलने लगे। मेरा मूल नाम अशोक था, यह किसी को ध्यान भी नहीं रहा।...लोग भले ही मुझे मूल नाम से नहीं बुलाते थे लेकिन मैं उन दिनों को ख़ूबसूरत दिनों के रूप में याद करता हूँ।"

ठीक उसी समय सड़क पर एक रिक्शा जा रहा था, हालाँकि वह खाली था लेकिन सबका ध्यान अपनी ओर किए जा रहा था। उसके हेंडल से लटके रेडियो पर तेज़ आवाज़ में गाना बज रहा था।

"साला बिहारी, चलाता है रिक्शा और इसके शौक देखो! रेडियो टाँगकर चला जा रहा है।"

"गाली क्यों देते हो? उसकी अपनी ज़िन्दगी है, वह भी किसी का हीरो होगा। क्या पता गाने के बहाने किसी को याद कर रहा हो।"

बीपी बड़े गौर से उसके चेहरे को देख रहा था। उमा की संजीदगी उसे आतंकित करने लगी। उसने तो रिक्शेवाले को गाली दी थी इसे बुरी लग गई। ग़लती हो गई! उसके दिमाग में जो सब चल रहा था, सब गायब होता महसूस हुआ। मन के कोने कहीं उस गीत का अंश मिल रहा था तो कहीं रिक्शे पर बजते रेडियो को थामे उमा की तसवीर। उमा का रेडियो वाला हाथ उसकी आँखों के आगे ठहर गया। वह उमा को देखते हुए भी उसके पार रेडियो वाली उमा को देख रहा था।

हमारा जीवन जटिल समाज के जटिलतम यथार्थों का ज़रूरी हिस्सा है...

सूरज कभी भी निकले लेकिन हर व्यक्ति का दिन उसके हिसाब से निकलता है। जैसे बीपी का दिन तब शुरू होता, जब उमा उसके पास आकर अपनी दुकान लगाती। अगले दिन भी यही हुआ। लेकिन उस दिन एक बड़ा बदलाव आ गया था। उमा जब आई तो पोस्टर के बीच में एक रेडियो बज रहा था, ठीक उसी तरह का जैसा रिक्शे पर लटका था। उसके पीछे सफ़ेद कुर्ता पहने बीपी बैठा था। उमा ने रेडियो पर एक नज़र डाली और दूसरी नज़र बीपी पर, फिर वह अपनी तय जगह पर बैठ गई। वह सब समझती होगी है न! नहीं समझती तो पूछ क्यों नहीं लेती।

बीपी ने सड़क के दूसरी ओर से इस ओर देखना शुरू किया। वे दोनों दूर-दूर तो बैठे थे लेकिन स्वाभाविक पति-पत्नी लग रहे थे। उसने वहीं से

देखा कि चलती हुई गाड़ियों और लोगों के पार दिखते दो आकर्षणविहीन बेडौल शरीरों में से एक उसका था, जो उमा की ओर झुकता ही जा रहा था। यह झुकाव यूँ था कि उसके लिए दिन-रात के मायने ही बदल गए थे। साथ के चार-पाँच घंटों का दिन बाकी सारे घंटे रात के हिस्से में। रेडियो की आवाज़ में उसने यह भी महसूस किया कि उस शाम में ज़्यादा ही ऊर्जा भर गई थी।

"उमा मुझे नहीं पता तुम मुझे किस तरह देखती हो लेकिन मुझे बार-बार लगता है कि मैं तुम्हारे साथ रहूँ...क्या ऐसा हो सकता है कि हम दोनों एक साथ रहें...?"

वह कुछ और कहता इससे पहले ही उमा ज़ोर से हँस पड़ी। बीपी के चेहरे की गम्भीरता को उस हँसी ने धोकर रख दिया।

"क्या बच्चों जैसी बातें करते हो...जो थोड़ी उम्र बची है, इसी तरह अकेले काट लो...वैसे भी तुम मुझे नहीं जानते...मैं अपने अतीत से ख़ुद भाग रही हूँ... यूँ ही हँसते-मुसकराते मोजे पोस्टर बेचते ज़िन्दगी गुज़र रही है, गुज़रने दो..."

"रहने दो...सच क्यों नहीं कहती कि तुम अपने बेटे-बहू से डरती हो।"

"मेरे कोई बेटे-बहू नहीं हैं।" उमा ने झुंझलाए लहजे में कहा। उस झुंझलाहट ने शाम को इधर-उधर दबा दिया। उसकी आँखें झुक गई थीं।

"वह लड़का मेरा पड़ोसी है। तुमने यहाँ की लाइब्रेरी देखी है न, मेरे पति वहीं काम करते थे। हमारी शादी के दूसरे महीने में ही वे सिधार गए। हमारा पूरा परिवार दुख के अँधेरे में डूब गया। सास-ससुर और ख़ुद मेरे लिए आशा और सपने जैसी कोई भी चीज़ नहीं बची थी। एक पतली-सी उम्मीद उस लाइब्रेरी में पति वाली जगह हासिल करने की बची थी। ट्रस्ट वालों ने निराश नहीं किया...।"

"फिर तो ज़िन्दगी पटरी पर आ गई होगी।"

"उसके बाद तो पटरी ही बदल गई। एक दिन अध्यक्ष ने अपने कमरे में बुलाकर कहा कि नौकरी करनी है तो उसे खुश करते रहना होगा। मेरे आगे भूख थी और उसके आगे दो बूढ़े होते चेहरे...।"

बीपी के चेहरे की सफ़ेदी देखने लायक थी। अवसाद से भरी सफ़ेदी को अँधेरे में भी देखा जा सकता था।

"वर्षों के उस सम्बन्ध का अन्त, उसके मरने के बाद हुआ। तब मुझे एक बार फिर से विधवा हो जाने का एहसास हुआ...। यह भी एक सच है कि असल में बेसहारा होना क्या होता है ठीक उसी मृत्यु के बाद जाना। उसके बाद नौकरी आसान नहीं रह गई। दूसरा अध्यक्ष जवान था। वह अक्सर मुझे डाँटने लगा। कहता कि मैं बूढ़ी हो गई हूँ और मुझे किताबों की जगह याद नहीं रहती। फिर एक दिन उसने मेरे हाथ में कुछ हज़ार रुपये पकड़ाकर मेरी जगह एक नई लड़की को दे दी।...तुम्हें पता है ये मोजे, ये रुमाल सब उन्हीं पैसों से खरीदे गए हैं।"

दोनों के बीच एक ज़रूरी शान्ति फैल गई।

"अब मैं किसी के साथ नहीं रहना चाहती...सच पूछो तो अपने साथ भी नहीं।"

चाह का हासिल...

अगले दिन बीपी अपनी दुकान लगा रहा था। उसे देखकर कोई भी कह सकता था कि एक ही दिन में वह बहुत बूढ़ा हो गया। उसका बुढ़ापा इतना गहरा हो गया कि वह मुश्किल से ख़ुद को हिला पा रहा था, पोस्टरों में से कोई दुखी चेहरा खोजकर सबसे ऊपर रखना चाहता था। वह उन हँसते चेहरों को ओझल कर देना चाहता था। उन मन्द-मन्द मुस्काते चेहरों को देखकर उसकी चिढ़ बढ़ती जा रही थी। पोस्टरों को करीने से लगाने के बजाय उसका ढेर बनाकर बैठ गया। तभी उमा आती दिखाई दी। कल की पूरी बात के बावजूद उसके चेहरे पर मुस्कान आ गई। लेकिन उमा उसकी ओर देखे बिना ही आगे बढ़ गई। वह दूसरी ओर अपनी दुकान लगाने लगी। बीपी कुछ समझ ही नहीं पाया। कुछ ही देर में लाइटवाला अपने ठेले पर ढेर सारी लाइट लेकर गुज़रा। उमा ने उसे रोककर एक लाइट

अपने पास रखवा ली। यह आख़िरी बात थी, जिसने उसे अपनी उपेक्षा के और दृश्य देखने से पहले सचेत कर दिया था। इसके बाद वह उठकर उमा के पास चला गया।

"तुम ऐसा क्यों कर रही हो? क्या बात हो गई?"

"बात तो कुछ नहीं...हाँ एक बात यह तो है ही कि, वहाँ रहकर मुझे कुछ हासिल नहीं करना...। मैं बची हुई ज़िन्दगी जटिलताओं के बगैर गुजारना चाहती हूँ, इसलिए यहीं ठीक हूँ।"

अब शाम के होने और न होने में कुछ नहीं रखा था। वह बस गिरकर फैल रही थी। बीपी ने पोस्टर के ढेर को उठाकर थैले में भरकर साइकिल में टाँग दिया। धड़कनों की आवाज़ उसके कानों तक पहुँच रही थी। सड़क का शोर उस तक पहुँच ही नहीं पा रहा था। कदमों में उम्र भर की थकान लिए वह चल पड़ा। पहली बार वह अपने समय से पहले लौटकर जा रहा था कभी न आने के लिए। नाले में बहते काले पानी की पीढ़ियाँ गुज़र गईं लेकिन उस दिन के बाद बीपी को उस सड़क पर कभी नहीं देखा गया।

इन सबके अतिरिक्त—

दिल्ली के उस मुहल्ले में उस लाइब्रेरी की संरचना को देखकर आज भी आशंकाएँ उठती होंगी कि एक-एक फाइल को बड़ी मुश्किल से उठाकर रखती बुढ़िया ने सड़क पर बैठकर रुमाल और मोजे बेचना ही क्यों चुना! प्रश्न यह भी उठता है कि क्या मोजे और रुमाल बेचने से उसका खर्चा चल जाता होगा! इन प्रश्नों के उत्तर में पागलपन को शामिल करने से पहले ज़िन्दगी के रूखे स्वाद को चखने की ज़रूरत पड़ेगी।

हम ब्रेक पर हैं

अजीब बात थी कि वहाँ खड़े होकर भी वह वहीं की बात सोच रहा था जबकि अक्सर इसके उलट होता था!

पुरानी दिल्ली की उस गली में नया कुछ भी न था। लेकिन वह पुराना भी यूँ जगमगा रहा था, जैसे इस गली को कोई चकमक पत्थर हासिल हो, जिसकी मदद से आग जलाकर वह अपने भीतर गरमी और ज़िन्दगी बरक़रार रखती हो। गली क्या थी, दिल्ली का हुस्न थी। यूँ कि एक तो गली ख़ूबसूरत, गली का मिज़ाज ख़ूबसूरत और फिर गली उन बला की हसीन लड़कियों से गुलज़ार, जिनके लिए फ़िल्मी कवि फ़ुर्सत में बनाए जाने की बात करते हैं। वह कुछ देर उनके कटावों को घूरता रहा। फिर जैसे उसकी आत्मा ने उसे झिंझोड़ा। उसने अकबका कर नज़रें वहाँ से हटा लीं। उसे आश्चर्य हुआ कि उसके अन्दर आत्मा जैसी कोई चीज़ मौजूद है, वरना जो हालात हैं उनमें सबसे पहले इनसान की आत्मा मरती है। उसे फिर अचम्भा हुआ। आत्मा जैसी कोई शै होती भी है कि इनसान अपने मन के भावों को खूँटा देने के लिए आत्मा का सिरा पकड़ लेता है। क़ायदे से उसकी सारी इन्द्रियों को साँप सूँघ जाना चाहिए था लेकिन वह तो सब कुछ साफ़-साफ़ देख-महसूस कर पा रहा था। एक धुन्ध जो पिछले कुछ समय से उसकी ज़िन्दगी में दाख़िल हो गई थी, वह इस गली में आते ही छँट गई। रीना होती तो गुस्से में कहती, "तुम्हें सिर्फ़ खाना और लड़कियाँ दिखती हैं, कैसे इनसान हो यार तुम! ठरकी बुड्ढे!" और वह शर्म से गड़ जाता या हो सकता है, बेशर्मी से खींसें निपोर देता। उसने अपनी आत्मा को तहाया और भीतर ठेल दिया जैसे वह कभी

बाहर आई ही न हो। अब वह आसानी से आस-पास का जायज़ा ले सकता था। हर ओर से ताज़ा पकते खाने की खुशबू आ रही थी। कहते हैं खाने की खुशबू हर ग़म भुला देती है।

"भैया, एक यहाँ लगाओ और दो जगह पैक कर दो।" एक भारी आवाज़ आई।

उसने पलटकर देखा। एक आदमी अपने कान खुजलाता एक ठेले के सामने खड़ा था। उसके चेहरे से ज़ाहिर था कि उसने दिन-भर से खाना नहीं खाया होगा। उसका चेहरा क्लान्त था। आज शायद उसकी बीवी की तबियत ख़राब होगी या हो सकता है झगड़ा हुआ हो। झगड़े के बाद जो लोग एक हो जाते हैं, कितने ख़ुशक़िस्मत होते हैं। यह भी तो हो सकता है आज बीवी ने इसरार कर उससे खाना मँगवाया हो। वह जानता है, इस ठेले की पाव-भाजी और डोसा खाने दूर-दूर से लोग आते हैं। उसके घर में ज़रूर एक बच्चा भी होगा, जिसके लिए वह दूसरी प्लेट पैक करवा रहा है। उसके आगे एक गदराया बच्चा तैर गया। उसकी आँखों में एक घर बना और एक घर बिखर गया। घर जो हमेशा उसके ज़ेहन में रहा, पर कभी हक़ीकी न हो सका।

गली में लोगों की भीड़ और शोर दोनों बढ़ते जा रहे थे। अधिकतर लोग दफ़्तर से लौट रहे थे, जो बस में चढ़ने से पहले एक कप चाय पी लेना चाहते थे। दिन-भर की थकन, चाय के प्याले और दोस्तों की बातों में घुल जाती थी। साथियों की बातों में उन्हें रस मिलता लेकिन घर लौटने की जल्दी भी होती। मँझधार के बीच फँसे वे घड़ी की सुइयों को ताकते और एक वक़्त आता, जब वे अपनी सभा बर्खास्त कर देते। क्या मिलता होगा उन्हें घर लौट कर! बोसीदा दीवारें और पसीने में लिथड़ी बीवियाँ न भी हों लेकिन एहसास वही रहते। लेकिन फिर भी वे लौटते थे। ज़रूर वहाँ कुछ ऐसा होता होगा जो वह नहीं जानता।

वह भी तो लौट रहा है। वहाँ, जहाँ जाकर दिल्ली की याद उसके सीने को चीर डालती है। जहाँ की चिपचिपी गर्मियाँ उसे नाक़ाबिले-बर्दाश्त लगती

हैं। जहाँ भाषा की दीवार को वह अकेले चीख़-चीख़ कर तोड़ने की कोशिश करता है। कितने साल बीत गए हैं, ट्रान्सफ़र की उम्मीद भी अब उसने छोड़ दी है। शुरू में कितनी उठापटक की थी उसने लौट आने के लिए, पर यह क्या बच्चों का खेल है!

उसकी परेशानी देख हर मिलनेवाला दावा करता, "अरे नुनू, हमारी बड़ी पहुँच है, हम पर छोड़ दो।" कहते हुए व्यक्ति की आवाज़ में ख़ुद के लिए ही दर्प भर जाता।

वह भी आशान्वित हो उठता। इन्तज़ार करता ट्रान्सफ़र ऑर्डर अब आया, तब आया। बाद में वह जान गया था, यह सब कोरे आश्वासन हैं। किसी के बस का कुछ नहीं। अब उसने सारी उम्मीदें छोड़ दी हैं। देश के सिस्टम को वह नहीं बदल सकता, न वह इस सिस्टम के बाहर जा सकता है।

पहले वह कितना जज़्बाती हो उठता था। आज़ादी के नारों के पार उसे ख़ुशहाल जीवन दिखाई देता था लेकिन ज़िन्दगी शब्दों से बहुत बड़ी और गहरी होती है। कॉलेज के दिनों की तकरीरें किसी काम की न रहीं। वह व्यवस्था के दलदल में धँसते-धँसते इतना फँस गया है कि गर्दन के नीचे का हिस्सा महसूस ही नहीं होता। कॉलेज के सभी साथियों का कमोबेश यही हाल था। जुनून, ज़िन्दगी के कोड़े के आगे दम तोड़ चुका है। सब उसी सिस्टम का हिस्सा हैं, जिसके ख़िलाफ़ वे कविताएँ लिखा करते थे। अब निस्संग भाव से वह सब देखता जाता है। दिल्ली आता है तो साँस आती है फिर कुछ दिन बाद उसे कारागार में लौटना ही पड़ता है और हाथ में है भी क्या! कभी उसने नौकरी छोड़ने की बाबत भी सोचा था लेकिन उसके भाई-बहन...। उनके कातर चेहरे फिर उसके आगे आ गए। पिताजी के रिटायरमेंट के बाद हाथ में क्या धरा है। गाँव-घर के खेत भी सूखे पड़े हैं। वहाँ से भी कुछ आशा नहीं। वैसे भी खेतों से अब क्या आता है!

माँ और पिताजी को देखे भी कितने दिन हो गए हैं। सालाना छुट्टियों में घर जाने पर उनका चेहरा बदला हुआ लगता है। वे पहले से अधिक बूढ़े और जीर्ण लगते हैं। भाई-बहन दयनीयता से देखते हैं। पहले पिताजी

ट्रान्सफ़र को लेकर कितने सवाल पूछा करते थे। माँ लौटते समय शादी और बहू को लेकर कैसे-कैसे मज़ाक़ कर लेती थी लेकिन अब न तो पिताजी से ज़्यादा बात होती है, न माँ बहुत इसरार करती है। सब चुप्पी की डोर से बँधे एक-दूसरे के दुख को सहलाते हैं। यूँ जाते समय पिताजी अब भी सर पर हाथ फिराकर मुँह घुमाकर आँख पोंछते हैं और माँ अब भी ढेर सारा सामान बाँधती है। लेकिन अब उन्होंने शिकायत करना बन्द कर दिया है, कुछ पूछना भी। सवालों का होना ही जवाब नहीं बनाता, न शिकायतों का होना उन्हें दूर कर देता है। वह जानता है पिताजी ख़बरों में रोज़ उसके शहर का मौसम देखते हैं और माँ को बताते हैं। उसकी ग़ैर-हाज़िरी में भी उसका जन्मदिन वैसे ही मनाया जाता है जैसे उसके रहते मनाया जाता था। पूजा करते समय एक फूल अब भी उसके नाम का चढ़ाया जाता है। ट्रान्सफ़र की लिस्ट निकलने पर पिताजी छोटू को हर बार इंटरनेट से पता करने के लिए कहते हैं, जैसे इंटरनेट हर मर्ज की दवा हो। लेकिन फिर भी अब उनके बीच सब बदल गया है। पिताजी फ़ोन करते हैं तो पंखे की आवाज़ सुनाई देती है। माँ फ़ोन तक आती ही नहीं। बर्फ़-सी चुप्पी उनके बीच जम गई है। कितना चाहता रहा कि वे कभी उसके पास आकर रहें, दूसरे परिवारों की तरह छुट्टी मनाएँ, उससे उनको कोई सुख मिल सके, पर अब उसने कुछ भी चाहना बन्द कर दिया है। चाहने का कोई पार नहीं है। चाहता तो वह और भी बहुत कुछ था। एक लड़की का होना या न होना इस क़दर सब बदल सकता है, उसे यक़ीन नहीं होता।

उसने बाइक के सहारे टिके एक जोड़े को देखा। लड़का उसे अपने हाथ से खाना खिला रहा है वहीं लड़की की आँखों में रात की चिन्ता गहरा रही है। बाद में इसके लड़का उसे घर छोड़ने जाएगा। लड़की उसे घर से कुछ पहले रुकने को बोलेगी और नज़र बचाकर उसे चूम लेगी। सब कितना जाना-पहचाना है। उसका जिया हुआ, भोगा हुआ। लेकिन हर उस बात पर अब धूल चढ़ गई है जो उसे बहुत पसन्द है। उसे रीना बहुत पसन्द है, उसे यह शहर बहुत पसन्द है, उसे इस शहर में रीना का

साथ बहुत पसन्द है और, और उसे बच्चे बहुत पसन्द हैं। उसे महसूस हुआ जैसे अरसे पहले की कोई शाम जलते हुए अपने निशान उसके बदन पर छोड़ रही है।

शाम की ख़ूबसूरत रोशनी में वह गली इस तरह चमक रही थी, जैसे बढ़ते अँधेरे में सारा जीवन वहीं सिमट आया हो। अँधेरे की बारिश में रोशनी के छाते ओढ़े गली मुग्ध हो रही थी। लेकिन जल्द ही उस गली का जीवन, मृत्यु की भेंट चढ़ गया था।

"तुम ऐसा नहीं करोगी।"

"और क्या करूँ मैं? तुम वहाँ रहते हो और मैं यहाँ। न तुम अपनी नौकरी छोड़ सकते हो, न मैं नौकरी छोड़ूँगी।" रीना फट पड़ी थी।

"मैं कब तुम्हें नौकरी छोड़ने को कह रहा हूँ लेकिन मुझे बच्चा चाहिए।" वह लगभग रो पड़ा था।

"मैं तुम्हारी बीवी नहीं जो तुम्हारी फ़ैंटसी पूरी करती रहूँ।" (उसकी इस बात पर गली उनकी बात सुनने को उनके आस-पास सिमट आई थी।)

"यह फ़ैंटसी नहीं है रीना।" वह पूरी ताक़त लगाकर चीख़ा था। "हमारा बच्चा है यह।" गली साँस रोके खड़ी थी। गली इन्हें जानती थी। दोनों की ही ज़िद कम नहीं।

"तुम्हें नहीं पता हो तो बता दूँ कि ऐसे बच्चों को लोग नाजायज़ बच्चा कहते हैं।" कहते-कहते रीना की आँखों में आँसू आ गए। 'नाजायज़' शब्द जैसे किसी शाप-सा असर कर रहा हो, पूरी गली शर्मिन्दा थी। यह भी दिन था, जब दो मुहब्बत करनेवालों को इल्ज़ाम देते देखना पड़ रहा था।

"मैं तुमसे प्यार करता हूँ रीना, जानती हो तुम।" वह फिर उसके आगे कमज़ोर पड़ने लगा था। हाँ, प्यार तो करता है, क्यों न रीना ही नौकरी छोड़ साथ चली जाए। पर रीना का मन, बरसों की उसकी मेहनत और फिर नौकरी भी तो सरकारी है। गली उधेड़बुन में थी।

"देखो यह किसने कह दिया कि मैं तुमसे प्यार नहीं करती! प्यार नहीं होता तो यह स्थिति आती क्या? पर इसके बाद जो बातें हैं, वह तुमने न आज तक समझी, न ही अब समझने की कोशिश कर रहे हो...। आज तक न अपने माँ-बाप को मना पाए, न दिल्ली में एक अदद नौकरी का इन्तज़ाम कर पाए।" रीना ने उसका हाथ झटकते हुआ कहा। इस देश में नौकरियाँ कहाँ मिलती हैं। गली तो हर रोज़ अपने भीतर बेरोज़गारों को काम की तलाश में धक्के खाकर लौटते हुए देखती है।

"मैं किसी और की ज़िम्मेदारी नहीं ले सकता रीना, माँ-बाप नहीं मानते तो न सही। मैं तो तुमसे शादी कर रहा हूँ।" वह लगभग घुटनों पर आ चुका था।

"पर अपनी ज़िम्मेदारी तो ले सकते हो, वहाँ मुझे नौकरी मिलेगी नहीं। तुम जानते हो, तुम्हें ही दिल्ली आना होगा। मैं सारी जिन्दगी ऐसे नहीं रह सकती और सच कहूँ तो मुझे अपना भविष्य दिख रहा है अब।"

"सारी ज़िन्दगी यही चलेगा, ऐसा तुम कैसे मान सकती हो? हालात बदलेंगे भी तो। और कैसा भविष्य दिख रहा है?"

"यही कि तुम वहाँ रहो और मैं यहाँ तुम्हारा इन्तज़ार करती रहूँ। एक लड़की की हज़ार ज़रूरतों में से इमोशनल नीड सबसे ऊपर रहती है। उन लाखों क्षणों में तुम मुझसे हज़ारों किलोमीटर दूर रहते हो और कहते हो कि 'हालात बदलेंगे?' कैसे बदलेंगे हालात? तुम कभी नौकरी नहीं छोड़ सकोगे। यह तुम भी जानते हो। हमेशा ख्वाब ही देखते रहते हो क्या?"

"मैंने अप्लाई किया है रीना, नई नौकरी कभी तो मिलेगी।"

"हाँ तो पहले नई नौकरी मिलने दो, फिर करेंगे शादी। अभी इस बच्चे को मैं अफ़ॉर्ड नहीं कर सकती। तुम्हें ज़्यादा जल्दी है तो अपने माँ-बाप की पसन्द से शादी कर लो।" रीना मुड़कर अकेले ही चली गई थी। गली ने रास्ता रोकने की कोशिश की, पर रीना ने अपनी जगह बना ली थी।

उसकी छुट्टियाँ ख़त्म हो रही थीं। उसे लौटना ही था। वह लौट गया। पूरे हफ़्ते वह उसे फ़ोन पर समझाने की कोशिश करता रहा, पर

रीना अपनी ज़िद पर अड़ी थी। एक दिन उसने फ़ोन नहीं उठाया। रात तक घंटी जाती रही थी। जब फ़ोन उठा तो थकी, मगर दृढ़ आवाज़ आई, "हमें ब्रेक लेना चाहिए।"

एक वाक्य में कहा जाए तो वह समझ गया था कि उसका एक अंग काटकर फेंक दिया गया है। उसने बच्चे की किलकारियों को दफ़्न किया, बच्चे के रुदन को पत्थर के नीचे दे दबाया, बच्चे की मुलायमियत को रगड़-रगड़ कर अपने ऊपर से उतार डाला, बच्चे की नन्हीं अँगुलियों में जकड़ी अपनी अँगुलियाँ छुड़ा लीं। फिर उसने पहली दफ़ा, उस ईश्वर से शिकायत की, जिसे उसने कभी नहीं माना। उसे बच्चे पैदा करने की क्षमता क्यों नहीं दी। अगर ऐसा होता तो एक हत्या होने से बचती, एक रिश्ता टूटने से बचता। वह कई दिनों तक ईश्वर को कोसता रहा और ज़िन्दगी को मौत की पटरी पर दौड़ाता रहा। बहुत दिनों तक ऐसा लगता था जैसे कोई चीज़ मन में चुभ रही हो, नोंक की तरह! वह बार-बार अपने को इधर से उधर भटकाता रहता, किसी और काम में जोड़े रखने की कोशिश करता लेकिन वह चुभन नहीं मिटती थी।

आज वह फिर वहीं खड़ा है, जहाँ सब ख़त्म हुआ था। उसे बेतरह रीना की याद आ रही थी। कितने समय से उनकी बात नहीं हुई है। बहुत सारा समय शॉक और गुस्से में निकल गया। तब से वह ब्रेक की अवधि पूरा होने का इन्तज़ार कर रहा है। अब इस शहर में आकर बचा-खुचा गुस्सा भी धुल गया है। क्या उसे रीना को फ़ोन करना चाहिए! वह कुछ देर ऊहापोह में खड़ा रहा। तीन बार नम्बर मिलाकर घंटी जाने से पहले काट दिया। बाइक से टिके लड़का-लड़की एक दूसरे को चूम रहे थे। उसने हिचकिचाते हुए रीना को फ़ोन मिला दिया। वहाँ शोर कुछ ज़्यादा ही था, ऐसा उसे उस समय लगा, जब उसे अपनी बात तीन बार कहनी पड़ी। तीसरी बार में उसे समझ में आ गया कि रीना कहीं बाहर है।

"क्या यार! पहले बताते कि तुम दिल्ली में हो।" वह उसके कैजुअल से रवैए पर हैरान था। यह उसके बात न करने से भी ज़्यादा चुभनेवाली बात थी। उसने ख़ुद को किसी तरह जज़्ब किया।

"तुम तो ऑफ़िस से देर से निकलती थी?" उसने बेमतलब की बात की।

'किसी से मिलना था।" कहते हुए रीना की आवाज़ लरज़ गई थी। वह इस लरज़िश को पहचानता है, क्या इतनी जल्दी वह किसी और के साथ...। सोचते हुए उसका दिमाग़ भन्ना गया।

"कब तक हो दिल्ली में?"

"कल तक।"

"वही सुबह वाली फ़्लाइट है?"

"हाँ।"

और उस 'हाँ' के बाद दोनों के बीच कुछ नहीं रह गया था, जिस पर वे बात कर सकें। वह उससे नहीं पूछ सका कि क्या वे मिल सकते हैं। वह नहीं जान सका क्या वे अब भी ब्रेक पर हैं या अब ब्रेक की ज़रूरत भी नहीं बची है। कभी-कभी बग़ैर कुछ कहे-पूछे भी सब नुमायाँ होता है। दोनों में से किसने फ़ोन काटा यह जानने की ज़रूरत कम-से-कम रीना को नहीं थी। उसके पीछे सड़क अपनी आवाज़ों के साथ बढ़ी जा रही थी। वह आवाज़ों के सागर में खो गया। हर आवाज़ के अपने सिर थे, उनमें रीना को पहचानने की कोशिश तो की उसने लेकिन कुछ क्षण के बाद वे सिर मिलकर एक हो गए। आवाज़ें भी मिल गईं जैसे सूरज के सातों रंग एक हो जाते हैं। इतने दिनों के बाद दिल्ली आने पर भी एक मुलाक़ात तक न हो सकी। क्या पुराने दिनों की ख़ातिर भी नहीं? उसे कुछ चुभा। क्या सब इतना पुराना हो गया कि उस पुराने को सहेजने की नौबत आ पड़ी है। ज़िन्दगी में बहुत कुछ होने से रह जाता है। हर चीज़ जो नहीं होती, टीस बनकर बसती है मन के भीतर। सब वक़्त की भी मार है उस पर। शाम में ठंडक धीरे-धीरे घुल रही थी। बीच-बीच में बाहर पकते कबाबों की सोंधी महक के साथ-साथ हवा से लिपटकर आती हुई गरमी प्यारी लगने लगी थी। उसने एक लम्बी साँस

खींची। नथुनों में कोयले की आग पर पकते मांस की सुगन्ध बस गई। खाने की दुनिया! दिल्ली की इस दुनिया से उसका प्रेम रहा है। वह दोस्तों के साथ यहाँ रात-रात भर भटक सकता था। वह एक-एक दुकान के बारे में बता सकता था कि वहाँ का खाना कैसा होता है। सामने की वही प्यारी दुनिया उसे अपनी ओर बुला रही थी लेकिन रीना की बात उसे उसी दायरे में रखना चाह रही थी, जहाँ कुछ भी निश्चित नहीं।

उसके भीतर जो चल रहा था, उसमें सबसे नुकीली बात यह थी कि रीना दूसरे लड़कों के साथ घूम रही होगी। वह हफ्ते भर से दिल्ली में है, वह जानता है कि वह जानती है पर उसके साथ घूमना-फिरना तो दूर मिलने की भी बात नही उठी। इतनी दूरी! उसे सब फिसलता-सा लग रहा था। वह अब भी किसी के साथ होगी, यह बात उसे काट रही थी। उसने आस-पास देखा। उसे लगा, लोग फटी आँखों से उसे ही देख रहे थे। लोग पसीने में भीगी उसकी ठंडी पड़ती हथेली को देखकर सोच क्या रहे होंगे। जब भी वह अपनी वर्तमान स्थिति पर सोचता है उसे ऐसा लगता है कि लोग भी उसके बारे में सोच रहे हैं। लोग उसे देख रहे होंगे। एक उमस, एक चिपचिपाहट शरीर के हर हिस्से में उठती है। न...न...उसे जलन नहीं होती। वह जलने की बात सोच भी नहीं सकता। पर हाँ, लोग यही सोचते हैं कि उसे जलन होती है, जब रीना किसी और के साथ घूमने जाती है। वह तो बस उसका साथ चाहता है।

उसने फिर से फ़ोन कर दिया। रीना के पीछे हँसी का समन्दर था। वह कुछ बोल नहीं पा रहा था। यूँ ही चुप-सा रहा, फ़ोन कान से लगाए हुए। अब हँसी के समन्दर की लहरें मद्धिम पड़ने लगी थी। उनकी उफान के छींटे पड़ने कम हो गए। रीना शायद वहाँ से हट गई हो, जहाँ वह थी।

"तुम ऐसा क्यों कर रहे हो...हम ब्रेक पर हैं...मुझे नहीं पता इसके आगे क्या है, पर अभी इतना तो जानती हूँ कि मैं तुमसे मिलना नहीं चाहती...और मिलकर भी क्या होगा बताओ! तुम वही घिसे-पिटे सवाल पूछोगे—'तुमने ऐसा क्यों किया' 'यह क्यों नहीं किया'...तुम असल में स्त्री को समझ नहीं

पाए हो अब तक। मैं तुम्हें यह सब कहना तो नहीं चाहती थी, पर अब कह रही हूँ ध्यान से सुनो...तुम्हें आज भी लगता है कि वह केवल तुम्हारा बच्चा था...और तुम यह भी सोचते होगे कि मैंने सब अपनी खुशी के लिए किया... मेरी खुशी बस इतनी-सी थी कि मैं उसके लिए तैयार नहीं थी...पर बाहर भीतर के असह्य दर्द से गुज़री हूँ और लगातार गुज़र रही हूँ...उस दर्द को समझने की कूव्वत जब आ जाएगी, तब समझोगे यह सब।" वहाँ आँसुओं का सैलाब आ गया था।

वह कुछ भी नहीं बोल पाया। इस बात पर वह क्या ही बोल सकता था! हर प्यार में दो लोग होते हैं, उनमें से एक भी पीछे हटने लगे तो प्यार कहाँ रहेगा। दोनों के बीच एक गहरी चुप्पी छा गई। इस तरह का मौन बहुत खतरनाक होता है।

"सुनो, तुम जहाँ हो, वहाँ स्वाद का ख़जाना है...अभी उस पर ध्यान दो...और हाँ थोड़ी देर सो लेना एयरपोर्ट निकलने से पहले।" वह कल्पना कर सकता था कि रीना ने किस तरह अपने को सँभालकर यह बोला होगा। उसने अपनी नाक पोछी होगी!

"दूर से इतना ध्यान रखने की ज़रूरत नही है...जाओ तुम जो कर रही थी वही करो...।"

"तुम अब भी नहीं समझ रहे हो...।"

यह कहकर रीना ने फ़ोन रख दिया। उसके ऊपर वही भय फिर से हावी होने लगा, जिससे वह भाग रहा था। उसे लगा कोई उससे उसकी रीना को छीनकर ले जा रहा हो। वह सदा के लिए उसे खोनेवाला हो। वह रीना को खोने से डरता है। ऐसा कौन होगा, जिसे अपना प्यार खोते देखने में खुशी होगी? ऊपर से देखा जाए तो उसने उसे नहीं खोया है लेकिन अन्दर से वही जानता है कि खोना यहीं से शुरू होता है। प्यार में ब्रेक लेना उसके लिए अब भी एक अबूझ बात है। दो लोग एक दूसरे को प्यार करते हैं तो अलग-अलग क्यों रहें? यह कौन सी बात हुई कि प्यार तो है लेकिन मिलना नहीं, साथ नहीं आना! जो लोग उन दोनों के प्यार को जानते हैं,

उन्होंने कई बार पूछा कि बात क्या है लेकिन वह किसी को समझा नहीं पाया। जो बात उसने ख़ुद नहीं समझी कि जब वह शादी करने के लिए तैयार था, तो शादी की बजाय रीना ने इतना बड़ा निर्णय क्यों ले लिया। वह किसी और को कैसे समझा पाएगा यह सब! जब रीना ने ब्रेक लेने की बात की थी, तभी से उसे ऐसा लगने लगा कि अब यह प्रेम नहीं बचेगा। वह छूट जाएगा। प्रेम को वह स्कूल की तरह मान रही थी और उस ब्रेक को 'लंच ब्रेक'। पर, वह वैसा कहाँ रहा! लंच ब्रेक में एक तसल्ली रहती है कि उसके पार फिर से स्कूल उसी तरह शुरू हो जाएगा लेकिन यहाँ तो हर गुज़रता दिन दोनों के बीच के अन्तराल को नए सिरे से बढ़ाता हुआ जाता है। कहीं से भी यह नहीं लगता है कि रीना भी इस प्यार में है। यह प्यार तो बस इसका ही है।

उस दिन एक दोस्त ने तो कह ही दिया, "तुम रीना को नहीं जानते... उसे न जानने के लिए यही काफी है कि तुम उससे प्यार करते हो।" वह उसे सच में जान नहीं पाया।

बाहर लोगों की भीड़ हर पल बदल रही थी। लोगों की जुबान पर स्वाद की नई परतें चढ़ रही थीं। गहराते अँधेरे के साथ बाजार का हुस्न और बढ़ने लगा था, जैसे अँधेरा सौन्दर्य की खाद हो। इतनी देर से वह उस गली में खड़ा था, वहाँ की हवा तक स्वादिष्ट गन्ध से भरी हुई थी लेकिन मन उधर जाने के बजाय बैठ चुका था। उस बैठे हुए मन के सामने उसका पसन्दीदा लज़्ज़तदार कबाब पक रहा था। कबाब से उठता धुआँ किसी को मदहोश करने के लिए काफी था। लेकिन उसकी भूख खत्म हो गई थी। वह उस गली को यूँ ही बिखरी हुई छोड़कर लौट पड़ा। पुरानी दिल्ली की रौनक उसके हर कदम के साथ पीछे छूटने लगी थी। एक समय के बाद वह छूटना साफ़ खत्म हो गया। मेट्रो के चमचमाते डिब्बे में दिल्ली पुरानी नहीं रह जाती। दिल्ली का दिल्ली होना खत्म हो जाता है। दिल्ली उसे एकरूपता की शिकार लगती है। आधुनिक होती चीज़ों में विविधता से भरा होना, अलग होना खत्म होता जा रहा है।

उसे सुबह-सुबह की उड़ान लेनी थी। सुबह उठना उसे पहाड़-सा काम लगता है लेकिन लौटना ज़रूरी है। लौटने के लिए उठना भी उतना ही ज़रूरी है। टैक्सी से बाहर दिल्ली में बस रोशनी दिख रही थी। रोशनी के परे जो था, सब अँधेरे में डूबा हुआ। रोशनी आगे भाग रही थी, रोशनी का कोई पुंज पीछे छूट रहा था। ज़ाहिर में हर ओर रोशनी के रूप ही थे बस। दिल्ली की रात, असल में अँधेरे की सत्ता नहीं, बल्कि रोशनी की सत्ता होती है। उसके बाद जो रहता है वह शून्य! रोशनी भरे हिस्से अँधेरी रात में भी ज़िन्दा रहते हैं। उन पर किसी खौफ़ का असर नहीं होता। रोशनी में किसी खौफ़ का असर नहीं होता। टैक्सी के भीतर गर्मी बढ़ रही थी। उसने अपनी तरफ का शीशा नीचे कर दिया। रोशनी में नहाई हुई हवा आवाज़ करती हुई भीतर आ गई। वह सोचने लगा कि इतनी तेज़ी से आती हवा आगे कहाँ जाती होगी!

"कहाँ हो?"

फ़ोन पर रीना थी और उसके इस सवाल ने दिल्ली और रोशनी के सम्बन्ध पर दौड़ते दिमाग को झटककर रख दिया। वह इतनी रात गए क्यों फ़ोन कर रही है!

"अब तक एयरपोर्ट नहीं पहुँचे तुम...तुम्हें कितना भी कहा जाए समझ में नहीं आता न...कुछ समय अपने हाथ में भी रखकर चलना होता है...।"

वह कुछ बोल ही नहीं पाया! उसे समझने में थोड़ा वक्त लगना था।

"हाँ, अब ध्यान से सुनो...मैं यहाँ गेट नम्बर एक पर खड़ी हूँ जल्दी आओ।"

रीना जब ऐसे बात करती है तब वह 'हूँ-हाँ' में ही जवाब दे पाता है। पर उसके लिए अभी सोचनेवाली बात यह नहीं थी कि वह जवाब कैसे देता है, बल्कि रीना का एयरपोर्ट पर होना महत्त्वपूर्ण हो गया था। वह उसका इन्तज़ार कर रही है, यह एहसास उसके मन में अब जाकर जज़्ब हो पाया और जब हुआ तो वह वहाँ उड़कर जाने की ज़रूरत महसूस करने लगा। यदि वह ख़ुद टैक्सी चला रहा होता तो गाड़ी की गति बहुत तेज़ हो चुकी होती। लेकिन, बार-बार कहने पर भी गति तेज़ नहीं हो पाई। वह खीजते हुए बाहर देखने

लगा। बाहर वे हिस्से अभी भी जीवित लग रहे थे जहाँ रोशनी थी। उस छोटे से संवाद ने ही उसके भाव बदल दिए। रोशनी में एक खुशनुमा रंग बहने लगा था। गरम दिनों में पेड़ की फुनगी पर हिलते पत्ते अपनी मौजूदगी से तसल्ली देते हैं। रीना और उन पत्तों में उसे अभी कोई अन्तर नहीं लग रहा था।

टैक्सी के रुकते ही उसकी नज़र पहले गेट पर गई। पास ही रीना खड़ी थी इधर-उधर देखती हुई।

"हाय।" वह रीना को बहुत दिनों के बाद देख रहा था। कई महीने जो बिन देखे गुज़रे, उसकी भरपाई करनी थी उसे।

"थोड़े मोटे नहीं हो गए तुम!"

"यहाँ तो प्यार से बात कर लो।"

"देर से आनेवाले ऐसी बात नहीं करते!...अभी तुम्हारी फ्लाइट का समय हो जाएगा और तुम फुर्र...।"

"सुन्दर लग रही हो।"

"तुम्हें कब सुन्दर नहीं लगती हूँ!"

बोलते-बोलते रीना मुसकरा उठी। वह उसकी मुस्कान को कैद में रखना चाह रहा था। उन मुसकाते होठों के स्पर्श का रोमांच, जैसे वह महसूस कर पा रहा था। वह भी हँस पड़ा। हफ्ते भर से वह दिल्ली में था और दोनों मिल नहीं पाए, अब मिले तो एक कॉफी पीने का भी समय नहीं था। मिलना यूँ भी होता है।

"मैं..."

"न...फ्लाइट छोड़ने की तो बात भी मत करना।"

दोनों को आपस के संवाद का सार पता था। यह भी पता था कि आगे क्या आनेवाला है। पर उन सब पर सोचने के लिए समय कहाँ था। वह भीतर जाने से पहले रीना को गौर से देखने लगा। रीना के होठों पर एक हल्की रेखा चमक रही थी। वह मुस्कान नहीं थी लेकिन उसके पहले का सुकून ज़रूर थी। नींद से भीगी आँखों को देखते ही रहने का मन था उसका। वह दूसरी ओर देखने लगी। हवाई अड्डे की रोशनी हर चीज़ को खुश दिखा रही थी

भले ही उसके भीतर कितना ही गहरा अवसाद बसा हो, कितनी ही दर्दनाक स्मृतियाँ चल रही हो। भीतर और बाहर का यह अन्तराल क्यों होता है? जो बाहर है वह भीतर क्यों नहीं फैल सकता?

"कहते हैं एयरपोर्ट का हग बड़ा सच्चा होता है..." उसने नीरस होते क्षणों में नम एहसासों की हवा भरनी चाही।

"तुम्हें क्या लगता है?"

दोनों एक दूसरे के इतने क़रीब थे! लेकिन बीते समय ने एक-दूसरे में फिट हो जाने की उनकी अदा को बदलकर रख दिया था। शरीर पास थे पर मन दूर...! वह अलग नहीं होना चाहता था। छूटने के बाद रीना ने एक लम्बी साँस ली, जैसे देर तक साँस रोक रखी हो।

"यह डब्बा ले जाओ।"

"क्या है इसमें?"

"कुछ भी नहीं..." कहते हुए वह मुसकरा उठी। वह उस मुस्कान में डूबने ही वाला था कि रीना के होंठ फिर से खुले, "इसे रास्ते में मत खोलना!"

वह जाने के लिए पलटा। कुछ क़दम के पार शीशे की एक दीवार थी, जिसके इस पार से उस पार तो देखा जा सकता था लेकिन सुनना, मिलना लगभग असम्भव। एक और बार अपनी रीना को देखने के लिए वह पलटा। दूर से बस इतना ही दिखा कि वह फ़ोन पर थी। या शायद उसका वहम रहा हो क्योंकि उन दोनों के बीच के दृश्य हर सेकंड अलग-अलग रूप ले रहे थे। अब वह जिस चमकदार दुनिया में था, उसमें उसकी तन-मन से उपस्थिति अनिवार्य थी। सारी औपचारिकताओं के बाद उनके बीच दूरियों का एक और दौर शुरू हो गया। तीन घंटे की फ्लाइट में कभी उसे नींद आ गई होगी। नींद में जाने से पहले उसने खिड़की से बाहर अँधेरे को छँटते देखा था। ऊपर कोई पेड़ नहीं, कोई सड़क नहीं। बस बादलों को देखकर कुछ देख लेने का सन्तोष हुआ था।

जब नींद खुली तो वह उसी दुनिया में लौट चुका था, जहाँ वह नहीं होना चाहता था। उस दुनिया की वजह से ही दूरियाँ थी। लेकिन उसकी इस

दुनिया में रीना भी मौजूद है—उस डब्बे के रूप में। बार-बार मन कर रहा है कि डब्बा खोलकर देख लिया जाए। उसके भीतर की दुनिया का सारा तिलिस्म खोल दिया जाए लेकिन वह तब तक नहीं खोलेगा, जब तक रास्ते खत्म नहीं हो जाते। वह डब्बे की ओर देखता है तो ठीक उसी समय रीना का चेहरा उसके सामने आ जाता है। वह बार-बार उसके चेहरे को देखना चाहता है! वह डब्बे को उठाकर गोद में रख लेता है।

अपने कमरे में बैग पटककर उसने सबसे पहले उस डब्बे को खोला। उत्सुकता के जिस सागर में वह गोते लगाता हुआ आ रहा था, वह अब उफान पर था। डब्बे के भीतर अल्युमीनियम की पन्नी में कुछ बहुत करीने से लिपटा था। वह उसे सूँघना चाह रहा था लेकिन अभी उसका मन अल्युमीनियम की उस सतह को छिन्न-भिन्न कर उसके भीतर बसे जवाबों को देख लेना चाहता था। भीतर तिल के लड्डू थे। सबसे बड़ी बात उन लड्डुओं में सबसे ऊपर एक आधा खाया हुआ लड्डू पड़ा था। रीना की पहचान! वह हर बार ऐसा ही तो करती थी। एक नशा-सा चढ़ता जा रहा था उसके ऊपर। उसके मन पर रीना...शीशे के पार दिखती रीना की छवि बार-बार आ रही थी। मन के वे भाव जो उसे टीस देते हैं, वे कोसों दूर हो गए थे अब! उसकी पलकें आसमान की ओर उठी!

उसके मन में रीना की अन्तिम छवि तो याद रह गई लेकिन अन्तिम शब्द नहीं, जिन्हें उस चमकदार साम्राज्य में घिर जाने के कारण सुन नहीं पाया था। उस समय रीना किसी को फ़ोन कर रही थी।

"हाँ सुनो, अब आ जाओ...यहीं से लॉन्ग ड्राइव पर चलेंगे। मुझे उगते सूरज के साथ यह सब फ़्लश आउट करना है...टू मच इमोशनल लोड फॉर द डे।...अब जल्दी से आ भी जाओ...मिसिंग यू सो मच!"

महत्त्वपूर्ण आदमी

"23 नम्बर की सीट तो आपको हर हाल में खाली करना पड़ेगी!"

आवाज़ गड़गड़ाती हुई आई और वहाँ मौजूद दूसरी हर आवाज़ को पी गई। उस आवाज़ में ज़ोर था और उसी ज़ोर के सहारे सबके कान ही नहीं आँखें तक उस ओर खिंची चली आईं। वह आवाज़ उस समय के सबसे महत्त्वपूर्ण व्यक्ति की थी और वह उसके पीछे खड़ा था। उस सबसे महत्त्वपूर्ण आदमी ने फिर से बोलना शुरू किया।

"मैं सोलह साल से यही कर रहा हूँ, सब समझता हूँ। एक नज़र देखकर कह सकता हूँ किसके पास टिकट है, कौन झूठ बोल रहा है।" अपनी मूँछों पर ताव देते हुए वह बोला था। बोलते हुए उसकी आँखों में शिकार पा जाने की एक वहशी चमक उभरी थी।

"मैं झूठ नहीं बोल रही हूँ। मेरे साथ एक आदमी है।" एक महीन आवाज़ यूँ काँपी जैसे कोई कीट काँच के मर्तबान में फँस, उसकी दीवारों से टकराकर अपने प्राण छोड़ते समय काँपता है।

"तो उसे बुलाओ न! अपनी सीट छोड़कर कोई यूँ घूमता है!" महत्त्वपूर्ण आदमी फिर गुर्राया।

इस वाक्य का आधा हिस्सा उस स्त्री के लिए था लेकिन बाकी आधा आस-पास बैठे खड़े लोगों के लिए था। उसने देखा कि सबसे महत्त्वपूर्ण आदमी आधा वाक्य बोलते-बोलते स्त्री के बजाय भीड़ को देखने लगा था। ठीक उस समय वह सबसे कमजोर व्यक्ति लगा, जिसे भीड़ का समर्थन चाहिए था लेकिन असल में वह कमज़ोर नहीं था। यह दरअसल उन मज़बूत लोगों

की चालाकी होती है जो भावनाओं की टेक लगाकर सब पा लेना चाहते हैं। सत्ता के साथ सहानुभूति भी।

"लेकिन वह व्यक्ति तो कई बार आया है इस सीट पर। हमने भी देखा है।" सम्मिलित आवाज़ आई। उन आवाज़ों को महत्त्वपूर्ण आदमी ने आँखें तरेर कर देखा।

"अरे भाई आया था, तो रुका क्यों नहीं? यहाँ दुनिया सीट के लिए मेरे पीछे पड़ी है और ये महाशय इधर-उधर घूम रहे हैं।" कहकर वह हँसा। उसकी हँसी लोगों के सिर पर हथौड़े की तरह पड़ी और उन्होंने सिर अपने हाथों से दबा लिया।

जब उस सबसे महत्त्वपूर्ण व्यक्ति ने 'पीछे' शब्द कहा तो उसी समय उसने नज़रें भी पीछे घुमाई थीं। पीछे खड़े, सिर दबाए बहुत से लोगों पर नज़र पड़ी तो उस पर भी पड़ी क्योंकि वह तो पीछे ही खड़ा था न! उसने अपना सिर हाथों के नीचे नहीं छिपाया था। यह उसे अपनी अवहेलना लगी।

"मैंने देखा, वह टीवी रखने आया था एक बार।" वह सीना ताने कह रहा था। अपने जाने वह सीधी-सरल बात कर रहा था।

"टीवी?" सबसे महत्त्वपूर्ण व्यक्ति की आँखों में एक ख़ूँख़ार लौ कौंधी और वह ज़ोर से चीखा। उसकी चीख़ इस बार पहले से भी तेज़ थी। वहाँ मौजूद लोगों के चेहरे पर डर टपक रहा था, हालाँकि उनकी कोई ग़लती नहीं थी। ताकतवर आदमी की ताक़त को पोषण जनता को भय ही देता है। कहना मुश्किल था कि वह टीवी की बात पर भड़का या उसके बिना डरे बोलने पर उसने आपा खोया। अपनी चीख़ को ज़रूरी बनाने के लिए उसे आगे भी बोलना था।

"मेरा काम तो अब और आसान हो गया। टीवी ले जाने की रसीद दिखानी पड़ेगी, उसकी अलग से बुकिंग होती है। स्लीपर कोच में टीवी बिना काग़ज़ के ले जाने पर भारी जुर्माना है। वह जुर्माना चाहे घेरी गई जगह पर लगा लो या फिर सामान के वज़न पर..."

यहाँ तक आते-आते महत्त्वपूर्ण आदमी रुक गया क्योंकि उसकी आवाज़ में हँसी घुलने लगी थी। उसके मुसकराने से उसकी बात की पकड़ ढीली पड़ने का खतरा था। ठीक उस क्षण में वह कोई ढीली पकड़ वाली बात कहे ऐसा सम्भव नहीं था। उसने आस-पास वालों का जायज़ा लिया कि उसकी कही गई बात का क्या असर पड़ता है। कुछ देर पहले अपनी सीट पर आराम से लेटी लेकिन अब उसकी चीख़ों से डरकर कोने में सिकुड़ी बैठी एक आकृति बोल पड़ी।

"फिर तो जितने का टीवी नहीं होगा, उससे ज़्यादा का जुर्माना हो जाएगा।" किसी गरीब का नुक़सान हो जाने का दुख वहाँ बोल रहा था।

महत्त्वपूर्ण आदमी ने उसकी ओर देखा जैसे कह रहा हो, 'वही तो'! फिर उसने घोषणा करने का अन्दाज अपना लिया और बोलने लगा। उसे, जिसे सुनाना था वह नजदीक ही थी लेकिन आवाज़ ऊँची करने का असर दूर-दूर तक होने की उम्मीद थी। यह ठीक वही बात होती जैसे कोई शिकारी जानवर जैसे कि शेर अपनी आवाज़ की गर्जना से दूसरे जानवरों पर धौंस दिखाता है। वह इनसान जो पीछे खड़ा था, उसे यह धौंस अच्छी नहीं लग रही थी। उसका मन हुआ एक हाथ घुमाकर उसे दे पर ऐसा करना आफ़त मोल लेना था। वर्दी पहने आदमी से जितनी दूरी हो उतनी भली।

"हाँ तो उस आदमी को बुलाइए जिसके नाम पर यह सीट है...।"

"वह इधर-उधर घूम रहा है...उसका फ़ोन भी नहीं लग रहा है।"

"घूम रहा है? यह पार्क है जो घूम रहा है।" उसकी इस बात पर कुछ छोटी लड़कियाँ खी-खी कर हँस पड़ीं। उनके साथ की बड़ी औरतों ने उन्हें आँखों से डपटा तो उन्होंने मुँह पर चुन्नी रख ली। अब उनकी हँसी में आवाज़ नहीं थी लेकिन उनकी आँखों से उनकी देह के हर हिस्से तक वह हँसी बिजली की तरह बह रही थी। उसने उन्हें नज़रन्दाज़ कर दिया। वह जानता है इस उम्र को क़ायदे में बाँधना मुश्किल होता है। इनके पीछे क्या वक़्त बर्बाद करना।

उसने हाथ नचाकर औरत को सम्बोधित किया। "अरे आप मुझे बहलाने की कोशिश क्यों कर रही हैं...जो इनसान है ही नहीं वह कैसे आ जाएगा?"

"मैं कह रही हूँ वह है। आप क्यूँ मेरी बात नहीं समझ रहे।"

"है तो आता क्यूँ नहीं? भेंचो! दुनिया सीट के लिए मरी जा रही है और ये घूम रहा है! जाओ बुलाओ उसे।" वह पूरी ताक़त से दहाड़ा। वाक्य में एक गाली डाल देने से डब्बे में सन्नाटा छा गया। औरतों की निगाह झुक गई। लड़कियों की हँसी का तार अचानक किसी ने काट दिया। उसे अच्छा लगा। उसका रौब डिब्बे के लोगों पर तारी हो रहा था। यह देखकर उसके दिमाग़ में कई रसायनों ने मिलकर विस्फोट किया जिसकी चमक उसके चेहरे पर आ गई।

गाली वाले वाक्य के साथ उसके मुँह से थोड़ा-सा झाग उड़कर किसी की बाँह पर जा पड़ा था। वाक्य के अन्तिम हिस्से में आदेश था...वह गाली के कारण था या वाकई वह आदेश था, इस बात का ठीक-ठीक मालूम नहीं लेकिन उसका असर हुआ। वह स्त्री उठकर खड़ी हो गई। सबने देखा वह स्त्री अपने दो बच्चों को कुछ समझाकर दाईं ओर के रास्ते से उस आदमी को खोजने चल पड़ी, जिसे उस समय वहाँ होना था और अपना पहचान-पत्र उस महत्त्वपूर्ण आदमी के मुँह पर मारना था।

"यह औरत बेकार में समय ख़राब कर रही है। वह आदमी है ही नहीं। ये दो बच्चे और एक औरत, बस तीन ही लोग चल रहे हैं चार टिकट पर।"

उसके बोलने के साथ ही और लोगों ने बोलना शुरू कर दिया। लेकिन जो भी लोग बोल रहे थे सब पर महत्त्वपूर्ण आदमी की बात ज़्यादा बड़ी साबित हो रही थी। वह यही बात दुहरा रहा था,

"जिस नाम से बुक है वह यदि नहीं आता है तो सीट खाली मानी जाएगी और खाली सीट सरकार की होगी, जिसे नियमतः किसी और को देना ही होगा"।

इस पूरे वाक्य में 'सरकार' शब्द पर सबसे ज़्यादा ज़ोर दिया गया था।

वे लोग जो उसके पीछे खड़े थे अधीर हो रहे थे। उनके बीच में वह भी था। उसे भी उस महत्त्वपूर्ण आदमी की कृपा दृष्टि चाहिए थी। वह भी एक कातर हँसी हँस रहा था। स्त्री को लौटने में देरी हो रही थी। सीट

वाले लोग अपने-अपने कामों में व्यस्त होने लगे थे। उन्होंने ध्यान दिया तो पाया कि अब जाकर उन्हें ट्रेन के चलने की आवाज़ महसूस हो रही थी। 'चिप्स—बिस्किट—कुरकुरे' वाले का उस भीड़ से निकलकर जाना भी तभी पता चला। लेकिन वह महत्त्वपूर्ण आदमी क्या कर रहा था? वह अपने साथ लाए पन्नों में किसी नाम के आगे गोले बना रहा था, किसी को काट रहा था जैसे दुनिया की भीड़ में अपने लिए जगह तलाश रहा हो।

वह स्त्री अकेले लौट रही थी! सब देख रहे थे, वह निराश थी। उसकी निराशा से महत्त्वपूर्ण आदमी और उसके पीछे खड़े लोगों की आँखों में शिकार के जाल में आ फँसनेवाली चमक आ गई। वह लौटकर चुपचाप अपनी सीट पर बैठ गई। अब सबकी आँखों में आश्चर्य था लेकिन महत्त्वपूर्ण आदमी की आँखों में झल्लाहट।

"आप कुछ बोलेंगी...क्या वह बन्दा मिला, जिसकी यह सीट है?"

"नहीं।"

"लो...मैं जानता हूँ वह नहीं मिलेगा...वह है ही नहीं।"

"वह है।" स्त्री ज़ोर से चिल्ला पड़ी। अब उसका सब्र जवाब देने लगा था।

यह अप्रत्याशित बात थी। इसके लिए कोई तैयार नहीं था। लोगों ने अपना-अपना ध्यान आस-पास लगाने की कवायद शुरू कर दी। महत्त्वपूर्ण आदमी के पीछे भी हलचल हुई और एक-दो लोग छिटक गए।

"देखिए मैं फिर से कह रहा हूँ, आपको 23 नम्बर सीट खाली करनी होगी।"

"हम नहीं करेंगे।"

बहुत तेज़ आवाज़ में भी आँसू झरते हैं।

आस-पास और शान्ति छा गई। अपने खेलों में उलझे बच्चे नीचे उतर आए अपनी माँ के पास। गुस्से और कातरता से एक साथ लबरेज़ स्त्री और उसकी दोनों बाँह थामे उसके बच्चे। जाने वह स्त्री के गुस्से से डरा या उसकी कातरता ने उसे पिघला दिया। उसने तय किया उसे औरत को कुछ वक़्त देना चाहिए।

"आप थोड़ा और खोज लीजिए...मैं दूसरे डिब्बे से होकर आता हूँ।"

महत्त्वपूर्ण आदमी आगे बढ़ गया। उसके पीछे खड़े लोग भी उसके पीछे-पीछे जाने लगे। उनमें से एक ने कुछ कहा, जो किसी ने नहीं सुना सिवाय डाँटनेवाले के।

"आप लोग मेरे पीछे-पीछे मत आइए...वहाँ दरवाजे के पास खड़े रहिए... मैं ख़ुद आप लोगों तक आऊँगा।"

पीछे चलनेवालों का झुंड रुक गया और उसे जाते हुए देखने लगा। झुंड जहाँ खड़ा था वहाँ से 23 नम्बर सीट दिख रही थी। वहीं से वह स्त्री भी देखी जा सकती थी जो शून्य में देख रही थी, जबकि उसकी गरदन से उसकी बेटी लटकी हुई थी और बेटा अपनी माँ को देखे जा रहा था।

"कितने पैसे देने होंगे?"

"पता नहीं...कुछ भी देना पड़ सकता है...।"

"...तो तुम लोग मान चुके हो कि वह आदमी नहीं है।"

"हाँ।"

"लेकिन मैंने उसे देखा है...वह टीवी रखने आया था।"

"टीवी रखनेवाला कोई और भी तो हो सकता है।"

"लेकिन यह स्त्री तो जबर लग रही है।"

"वह इसको भी देंख लेगा।"

इसके साथ ही झुंड में हँसी की एक लहर आ गई। इन्हीं में से किसी को सीट मिलेगी लेकिन अभी सब एक हैं।

जंगल में शेर को देखते ही कव्वे और दूसरे पक्षी शोर मचाना शुरू कर देते हैं, जिससे असुरक्षित अवस्था में पड़े जानवर सचेत हो जाते हैं। वह महत्त्वपूर्ण आदमी लौटा तो यह झुंड चुप हो गया। यह बात जंगल के ठीक विपरीत थी।

"हाँ जी...भाई साब आए?"

इस आवाज़ से एक चौंक समा गई उस स्त्री के भीतर। उसी समय आस-पास की सीट से लोग अपनी अपनी गर्दनें निकालने लगे। सब चौंक पड़े थे।

"अब मैं इन्तजार नहीं कर सकता...अब आपको सीट छोड़नी ही पड़ेगी...।"

बोलते-बोलते वह बैठ गया। उसके बैठते ही झुंड उस ओर लपका अपने-अपने टिकट के साथ। स्त्री के लिए यह स्थिति विचलित करनेवाली थी। वह झटके से खड़ी होकर दूसरे डिब्बे की ओर चली गई। महत्त्वपूर्ण आदमी ने सबको दूर रहने की हिदायत दी और स्वयं आस-पास का मुआयना करने लगा। उसे हँसी आ गई। बच्चे, सामान और सीट सब छोड़कर स्त्री उस तलाश में गई है जो है ही नहीं।

"सर उसके साथ आदमी है...।"

झुंड में से जो आवाज़ आई वह शंका और आश्चर्य से भरी थी। महत्त्वपूर्ण आदमी का मुँह खुला का खुला रह गया!

"हाँ सर लीजिए...सीट नम्बर 23 कमल किशोर।"

"आई डी दिखाइए।"

उस आदमी ने अपना पहचान-पत्र महत्त्वपूर्ण आदमी के हाथ में दे दिया। वह पहचान-पत्र को बड़ी बारीकी से देखने लगा। अरे, सब ठीक! उसने उदास भाव से पहचान-पत्र लौटा दिया और अपने साथ लाए पन्नों में से एक पन्ने पर 23 नम्बर पर गोला लगा दिया। वह अनमना हो चला था। इतने लोगों के सामने उसकी बात पिट गई थी। ऊपरी कमाई का अवसर खो गया वह अलग। अपनी पावर उसे छिनती हुई नज़र आई। उसका महत्त्वपूर्ण होना थोड़ा कम होता महसूस हो रहा था।

"सर आदमी था न?" पूछते हुए स्त्री के स्वर में विजयी भाव था।

महत्त्वपूर्ण आदमी इस प्रश्न से बचना चाह रहा था लेकिन स्त्री ने पूछ ही लिया, वह भी पूरे अधिकार के साथ। झुंड निराश हुआ तो हुआ लेकिन सबके सामने महत्त्वपूर्ण आदमी का तजुर्बा गच्चा खा गया।

"हमारा आदमी ही कुत्ता है...ट्रेन में डिब्बा-डिब्बा घूमकर कौन-सा संजीवनी बूटी खोज रहा था पता नहीं...इधर औरत जात पर क्या बीत रही है इसको क्या पता"! कमर में साड़ी खोंसते हुए वह एक युद्ध से दूसरे युद्ध में जाती प्रतीत हो रही थी।

"अरे हम तो ऐसे ही घूम रहे थे...खोज रहे थे कि अपने जान-पहचान का कोई मिल जाए तो बैठ के बतियाया जाए।" आदमी कान खुजाते हुए, खिसियाई हँसी हँस रहा था।

"हुँह...हम हमारा दू गो बच्चा आपके लिए अनजाने हैं कि! दसदुआरी कहीं का!" हाथ नचाते हुए स्त्री कह रही थी। आस-पास वाले तमाशे का रंग बदलते हुए बड़े कौतूहल से देख रहे थे। स्त्री के तेवर देखने में उन्हें मज़ा आ रहा था।

"तुम हमको दसदुआरी काहे बोल रही हो?" आदमी तीखी आवाज़ में चिल्लाया।

उसकी चिल्लाहट को नज़रन्दाज़ कर औरत तमाशबीनों के ऊपर चिल्लाई, "आप लोग निकल जाइए यहाँ से। तब से सब ऐसे देख रहे थे जैसे हम चोर हैं। अपना पैसा से सीट बुक किए और हमको चोर बनाने लगे...गिद्ध सब।" मुँह बिचकाते हुए औरत ने कहा। इतनी देर की पीड़ा, संघर्ष और आरोप अब उसकी ज़ुबान से कड़वे ज़हर की तरह झर रहे थे। आदमी का साथ पाकर उसमें हिम्मत आ गई थी। आख़िर वह अपनी बात साबित कर पाई थी। इतने लोगों के आगे वह विजेता थी। महत्त्वपूर्ण आदमी हार गया था। देखनेवालों की नज़र में उसके लिए बस एक व्यंग्य था, वह तीर की तरह दूसरे डिब्बे की ओर बढ़ गया। उसे अन्दाजा था कि झुंड उसके पीछे-पीछे ही आएगा।

"अरे भाई आप लोग यहीं दरवाजे के पास रहिए न जी...हमारे पीछे-पीछे काहे लगे रहते हैं...होना होगा तो काम हो ही जाएगा।"

झुंड के लिए इस झिड़की में भी एक आशा थी।

"इन लोगों के हाथ में कुछ सीट ज़रूर होते हैं।"

"इनका अपना कोटा होता है।"

"सीट तो मिलबे करेगा।"

मिली-जुली आवाज़ें आ रही थीं। कमाल की बात यह है कि लोग जिस व्यवस्था को भ्रष्ट कहते हैं, जिसे भ्रष्ट बनाने में अपना योगदान देते हैं, उसी पर यक़ीन भी करते हैं।

महत्त्वपूर्ण आदमी फिर से आ गया। इस बार उसके साथ उसकी तरह का एक और आदमी था। वह मुसकराते हुए आगे बढ़ रहा था, ज्यों उसके हाथ तुरुप का पत्ता लग गया था। बोलने से पहले उसने गहरी दृष्टि से भीड़ को देखा जैसे कह रहा हो कि देखो मुझसे उलझने की गति क्या होती है।

"हाँ, क्या नाम है आपका। टीवी ले जाने की रसीद दिखाइए।" सुनते ही डब्बे में शान्ति छा गई। अभी तो इंटरवल हुआ था। आधी पिक्चर बाकी बची थी और बची हुई आधी पिक्चर में हमेशा बाज़ी पलट जाती है। इस पलटती हुई बाज़ी को देखने के लिए सब साँसें थामकर इन्तज़ार करने लगे।

स्त्री जो अपने कमल किशोर से झगड़ रही थी, यह सुनकर झगड़ना भूलकर महत्त्वपूर्ण आदमी की तरफ फटी आँखों से देखने लगी। एक आम परिवार का दृश्य, एक दहशतज़दा प्रजा वाले दृश्य में बदल गया।

"रसीद तो नहीं है।" कमल किशोर ने घुटी-घुटी आवाज़ में कहा जैसे उसका गले पर कोई चढ़ा बैठा हो। डिब्बे के माहौल में आशंका, जिज्ञासा और भय घुल गए थे।

"फिर तो जुर्माना लगेगा।" गम्भीर आवाज़ के पीछे की ख़ुशी छिपाए नहीं छिप रही थी।

सब चुप! झुंड फिर से महत्त्वपूर्ण आदमी के पीछे आ गया था।

"दिल्ली से जहाँ तक आप ले जा रहे हैं, वहाँ तक का छह हज़ार लगेगा।" काग़ज़ पर कुछ गणना करते हुए वह कह रहा था। सुनकर स्त्री और उसके पति ने एक ठंडी साँस भरी। महत्त्वपूर्ण आदमी वहीं बैठकर अपनी रसीदों वाली किताब में कुछ लिखने लगा। सबने देखा उस पर टीवी और छह हज़ार लिखे जा चुके थे।

"सीट वाला आदमी आ गया तो आप उसका बदला ले रहे हैं..." स्त्री ने अपना आख़िरी अस्त्र चलाया। वह इतनी आसानी से हार नहीं मानना चाहती थी।

"तुम बहुत बोलती हो...औरत इतना बोलेगी?" महत्त्वपूर्ण आदमी की आवाज़ में धमकी और हैरानी एक साथ थे।

"क्यों...औरत क्यों नहीं बोलेगी?"

"ओफ़्फ़ो...तुम चुप रहो।"

यह 'दसदुआरी' कमल किशोर की आवाज़ थी। आख़िर बात तो सही है न। कुछ बातें आदमी-आदमी आपस में सलट लें वही अच्छा है। औरतें हर बात में अपनी नाक घुसेड़ती भला अच्छी लगती हैं। कुछ देर पहले का खिसियाया हुआ पति अब पुरुष में बदल गया था। स्त्री कुछ और बोलती इससे पहले ही उसने उसे आँखें दिखा दी थीं। वे आँखें देखकर स्त्री की हिम्मत ही नहीं पड़ी, आगे कुछ बोलने की।

कमल किशोर ने अपना रुख़ महत्त्वपूर्ण आदमी की तरफ़ किया और आवाज़ में आदर और मिठास घोलकर बोला, "यह तो बहुत पैसा है सर। इतना पैसा कहाँ हैं हमारे पास। इतना पैसा होता तो टैक्सी में ही सफ़र नहीं कर लेते।" उसके हिसाब से अन्तिम बात उसने बड़े मार्के की कही थी।

इसके जवाब में महत्त्वपूर्ण आदमी ने उसे बेधती दृष्टि से देखा जैसे कह रहा हो, बड़े चतुरलाल बनते हो मेरे सामने किन्तु प्रकट में उसने बस इतना भर कहा, "आप इनके साथ बाहर जाइए।"

महत्त्वपूर्ण आदमी का साथी कमल किशोर को अपने साथ ले गया। वे दोनों बाहर कुछ बात कर रहे थे। वे लौटे तो यहाँ का दृश्य उसी तरह ठहरा मिला जैसा वे छोड़ गए थे।

"हाँ तो निकालिए छह हज़ार।"

महत्त्वपूर्ण आदमी ने ऐसा कहकर अपने साथी की ओर देखा। साथी ने आँख दबा दी। वे दोनों बाहर चले गए और झुंड उनके पीछे। इस बार उसने झुंड को नहीं डाँटा।

अब 23 नम्बर सीट पर वह आ गया था जो महत्त्वपूर्ण आदमी के पीछे लगातार बना हुआ था। उसे दरवाजे के बाहर पता चला कि किस तरह सीट को 'सरकारी' बनाया गया। वहीं पता चला कि सरकारी चीज़ भी हासिल की जा सकती है। क्रय-विक्रय के दौर में क्या चीज़ है जो ख़रीदी-बेची नहीं

जा सकती। चार सौ रुपये के टिकट के बाद, जब महत्त्वपूर्ण आदमी ने उस सीट के हज़ार रुपये और माँग लिए, तो झुंड के बाकी लोग पीछे खिसक गए थे और सीट उस एक व्यक्ति को मिल गई थी।

डिब्बा अपनी चाल में लौट आया था। सामान बेचनेवालों की टेर, गपियाते लोग, सोते हुए लोगों के खर्राटे, खाना खाते लोगों की आवाज़ें डिब्बे में दोबारा भर गई थीं। स्त्री के बच्चे खिड़की के बाहर झाँक रहे थे। स्त्री सर पर हाथ धरे एक कोने में सिमटी बैठी थी। कमल किशोर अनमना-सा, दरवाज़े से लगकर खड़ा था। सोलह घंटे का सफ़र अभी बाकी था।

महत्त्वपूर्ण आदमी उस डब्बे में फिर नहीं देखा गया।

जलते सबके मकान

किसी के पास उसकी दस दिन पहले वाली तसवीर हो तो उसे दिखाए कि वह कितना खुश था! उसके लब-ओ-लहज़े से लेकर चाल तक ग़ज़ब मचल रही थी! तो आज उसे क्या हो गया? यह सवाल उसे देखनेवालों को उतना परेशान नहीं कर पा रहा था जितना कि उसे! बार-बार उसे दोस्त का भेजा हुआ राहत इन्दौरी का शेर याद आ रहा था। वह बार-बार फ़ोन खोलकर न भी पढ़े लेकिन उसका मन तो पढ़ ही रहा था—

लगेगी आग तो आएँगे कई घर ज़द में
यहाँ पे सिर्फ़ हमारा मकान थोड़ी है!

यह शेर दरअसल उसकी उस बात के जवाब में आया था जिसमें, उसने अपनी पार्टी के जीतने की खुशखबरी के साथ यह बात भी नत्थी कर दी थी कि 'अब आएगा मज़ा! अब दिखाएँगे कटुओं को।' दोस्त ने जवाब में कुछ कहने के बजाय यह शेर भेज दिया। उसने भी दोस्त की तरफ जोश-जोश में एक जुमला फेंक दिया—'तुहुँ साले कटुवै बन जाव...' मुँह फाड़कर हँसते हुए चेहरों के साथ!

जितनी खुशी हुई थी अपनी निज़ामत के आ जाने की, सब काफ़ूर हुई जा रही थी। अपनी इसलिए कि उसने इस निज़ामत के लिए दिन-रात एक कर काम किया। हर सम्भव काम! बाइक पर पार्टी का झंडा टाँग रैलियों में फिरने से लेकर फेसबुक, व्हाट्स एप पर ऊपर से आए सन्देश को निर्बाध भेजने तक सब काम उसने किया। जो लोग उसकी पार्टी के नहीं वे दुश्मन

बराबर! चमकी जिसे प्यार से वह छमकी कहता है, उससे मिलने का वक़्त नहीं मिलता था। प्यार करनेवाला कोई भी समझ सकता है कि अपनी प्यारी को समय न दे पाने के क्या परिणाम होते हैं! बस कभी-कताल इनबॉक्स में बात हो गई तो हो गई। बात भी क्या बस हाय-हेलो! एक तो छमकी का वश चले तो उसके चौबीसो घंटे ले ले, फिर भी कहे कि तुम वक़्त ही कहाँ देते हो, ऊपर से पार्टी के काम की वजह से उसे एकदम कोई वक़्त नहीं दे पाया था।

वह कतई यह नहीं कहता कि ऐसा केवल उसी ने किया। इस तरह का काम वोलेंटियरों ने हर विधान-सभा में किए होंगे। और तो और स्वयं उसकी विधान-सभा में ऐसे सैकड़ों लड़के थे पेट-भात पर हुआँ-हुआँ करनेवाले (सॉरी, हाँ-हाँ करनेवाले)! और ऐसे हुआँ-हुआँ करनेवाले न होते तो पार्टी जीतती क्या! नोट-ओट बन्द करके कैसा नरक कर रखा था इन सबने! जो लोग लाइन में लगकर पैसे बदलवाए, जो पैसे-पैसे को तरस गए, वे कितने गुस्से में थे! उनको मनाना, उनका ध्यान उनकी दिक़्क़तों से हटाकर देश की असली समस्याओं की ओर ले जाना था। पड़ोसी देश की कितनी तो साजिशें चल रही हैं, किसी भी दिन हमले का संकट मँडरा रहा है, ऊपर से देश के भीतर बैठे जयचन्द लोग देश की छवि धूमिल करने में लगे हैं। फिर धर्म भी तो था। अल्पसंख्यक बनना है क्या! पर एक बात है, लोगों को समझाना आसान ही रहा। जैसे कहते हैं न हनुमान में शक्ति थी, जामवन्त द्वारा बस याद दिलाने की देर थी। गतदाताओं ने याद दिलाने पर दिखा दिया कि उनमें कितनी ताकत थी।

अब जब छमकी आ गई है तो मूल किस्सा हो जाए! छमकी नाराज़ थी कि अपने छैला लाल पिछले तीन महीने से बतियाना तो दूर की बात, उसके साथ क़ायदे से बैठे तक नहीं थे! नाराजगी बहुत थी। इतनी कि बातें-वातें भी बन्द करने की सोची थी एक बार तो। ऊपर से पड़ोस का विक्की वह तो किसी बहाने उसे अपने साथ बाहर ले जाने के लिए तैयार था। छैला के साथ एक बार को धोका कर भी ले पर देश में लगे व्यक्ति के साथ धोका तो महापाप ठहरता। ऐसे उज्ज्वल सोच के व्यक्ति को बैल बोला था विक्की ने,

वह उसे जलेबी कहती थी। माना कि जलेबी ज़्यादा पढ़ा लिखा नहीं पर वह देशहित का तो सोचता है। इसी ने उसके प्यार को बचा लिया। चुनाव खत्म होने बाद सुकून से बातें होनी शुरू हो गईं। पर नाराजगी तो थी ही। नाराजगी ज़्यादा थी, लिहाज़ा मान-मनौव्वल का दौर भी घंटों तक चला होगा (यह केवल अनुमान है)। ऐसी ही बातचीत में तय हुआ कि मतों की गिनती के बाद घूमने चलेंगे दिल्ली। छैला के बाप ने इतनी मुश्किल से तो एक बाइक खरीदी थी। उसमें तेल कितना पड़े इसके लिए हुज़्ज़तें होती थीं। वह अपनी छमकी को लेकर बाहर कहाँ जा पाता! बाहर नहीं तो कम से कम दिल्ली के आनन्द विहार से सटे इडीएम या पेसिफिक मॉल तक तो जा ही सकता था। साहब ने यह दिन दो लिहाज से चुना। एक तो इन्हें डर था कि जीतेंगे नहीं और न जीते तो ग़म को भुलाने का इतना बढ़िया इन्तज़ाम हो नहीं सकता। दूसरे अगर जीत गए तो उसका आनन्द छमकी के साथ उठाया जाएगा! हो सका तो इंडिया गेट चलकर शाम की लाइटिंग देख लेंगे (हालाँकि छमकी के माँ-बाप 7 बजते ही फ़ोन करने लगते हैं फिर भी छमकी कोई-न-कोई झूठ बोल ही लेगी)!

गिनती के दिन तो कमाल ही हो गया! छैला लाल को क्या उनकी पार्टी के बड़े-बड़ों को उम्मीद नहीं थी कि यह चमत्कार हो जाएगा। उम्मीद से भी ज़्यादा! इस पर कौन खुश नहीं होगा! छैला ग़ज़ब धमाल मचाए रहा दिन-भर, गर्दा किए रहा! एक बार छमकी का फ़ोन भी आया लेकिन उस धूम-धड़क्के में कहाँ आवाज़ सुनाई देती है। वह फिर से उस शोर में घुल गया! सब निपटाते-निपटाते रात हो गई तो वह घर लौटा। थका इतना था कि छमकी क्या उसे अपनी खबर भी नहीं थी, ऊपर से शराब का नशा! पार्टी की जीत में पार्टी! ज़ाम आफ्टर ज़ामवाला मामला था आज तो!

सुबह उठा तो याद आया कि छमकी की जिस नाराजगी को मिटाने के लिए उसने मिलने का प्लान बनाया था, वह और बढ़ गई है क्योंकि मिलना तो दूर वापस फ़ोन तक नहीं कर पाया! प्रेमी जानते होंगे कि कैसी होती है इस तरह की नाराजगी और अनाड़ियों के लिए लिखने का कोई मतलब भी नहीं

है। पर साहब प्रेम तो प्रेम है, नाराजगी कब तक रुकेगी! होते-हवाते दो चार दिनों के भीतर बातें होनी शुरू हो गई और सप्ताह पूरा होने पर घूमनेवाला कार्यक्रम भी बन गया! सरकार बन गई थी सो पार्टी का झंडा बाइक में खोंसकर चलना अब स्टेटस सिम्बल ठहरा! बाइक निकली, आगे छैला पीछे छमकी और सबसे आगे पार्टी का झंडा लहराता हुआ, मन भीतर से प्रफुल्लित! छैला सोच रहा था, इसी सुख के लिए तो उसने दिन-रात एक कर दिया था!

दिन ग़ज़ब रहा। ख़ूब घूमा-फिरी के साथ-साथ भरपूर और तरह-तरह का खाना साथ में ढेरों सेल्फी! बस छमकी के पिताजी कॉल पर कॉल नहीं करते तो इंडिया गेट की पीली रोशनी में बैठाकर छमकी की फोटो ली जाती, छमकी साबुन के पानी के बुलबुले उड़ाती, वह देखता, वे इंडिया गेट पर स्केच बनानेवाले बैठते हैं न, उनसे छमकी का स्केच भी बनवाता। सब धरा रह गया छमकी के बाप के चक्कर में! इसके बाद भी जितना मजा आया न वह बहुत था। कहिए कि दिन बन गया! दिन बन जाने से बाइक भी धीरे-धीरे मगर लय में चल रही थी!

बाइक अभी हाइवे से विजयनगर के लिए मुड़ने ही वाली थी कि कुछ लोगों ने उसे रोक लिया। बिना पूछ-ताछ में समय गँवाए छैला को दो-चार डंडे धरा दिए। उनके साथ जो लेडी थी, लगी छमकी के मुँह में लिपटा हुआ दुपट्टा उतारने। प्रेमी के साथ बाइक पर सवार लड़की को देखने के लिए और प्रेमी पर दो चार हाथ जमा देने की ख़्वाहिश रखनेवाले लोग भी आ गए दो चार! जिन लोगों ने इन्हें रोका था, उनमें से एक को फिर से ताव आ गया। उसने छैला को गिन-गिन के चार और छमकी को दो डंडे मारे और केवल एक गाली दी—'साले रोमियो-जूलियट'! बहुत सी माफी और माँ बाप के नम्बर देने पर दोनों को छोड़ दिया गया। छैला में इतनी हिम्मत नहीं थी कि दर्द, दुख और गुस्से से फुनकती छमकी से घर कैसे जाओगी भी पूछे वह भी उन लोगों के सामने!

पिटे हुए रोमियो को दो दिनों के बाद जूलियट का फ़ोन आया। पिटी हुई तो वह भी थी लेकिन उससे ज़्यादा बड़ी और बुरी खबर थी उसके पास।

उसने छैला को बताया कि माँ और बाप दोनों के फ़ोन पर उनका एमएमएस पहुँच गया और आगे से उससे मिलने की कोशिश वह न ही करे, फ़ोन भी न करे। साथ में 'प्लीज़' भी लगाया था। इसकी हालत और खराब हो गई, लगा गर्मी बढ़ रही है चारों ओर से और वह जल रहा है!

किसी तरह हिम्मत करके छैला ने अपने उसी राहत इन्दौरी का शेर भेजनेवाले दोस्त को सारा किस्सा साझा कर दिया! दोस्त भी था जल्लाद! हँसते हुए बड़े-बड़े चेहरे बनाकर भेजे। लेकिन जब दया आई तो फिर से राहत साहब की उसी ग़ज़ल का एक शेर भेज दिया, जिसका शेर पहले भेज चुका था। शेर कुछ यूँ रहा—

जो आज साहिबे मसनद हैं कल नहीं होंगे
किरायेदार हैं ज़ाती मकान थोड़ी है!

छैला को शेर पढ़ते ही भयंकर गुस्सा आ गया। इतना गुस्सा कि दोस्त को ब्लॉक ही कर दिया, वह भी इस टिप्पणी के साथ—साले ज़ाती मकान तो नहीं है पर पाँच साल तक ऐसे ही रहेंगे बे! इसे झेलते हुए? दोस्त तो ब्लॉक था, कैसे कहता—किए भी तुम ही हो।

वापस लौटते हुए

उसने अपने मन में तो ठान लिया था पर तब से लगातार उस 'ठान लेने' से उपजा डर उसे सता रहा था। कई बार वह अपने कन्धे यह सोच-सोचकर झटक चुका था कि, अब कह दिया है तो जो होगा देखा जाएगा। पर, जितनी बार उसने ऐसा किया है, उतनी ही बार डर यह कहते हुए वापस आ रहा था कि बाबूजी काट के रख देंगे!

वह कद में तो बड़ा हो गया था। गले का उभार, आवाज़ का भारीपन और ऊपर के होंठ पर काली रेखा गहराने लगी थी। वह अब माँ के पास भी नहीं सोता। अगर बाबूजी बाहर होते हैं तब भी वह अपने कमरे में अलग सोता। पर ज़्यादा दिन पुरानी बात नहीं है कि वह तो सींग वाली बकरियों तक से डरता था। वह भले ही अलग सोए और चाहे उसकी आवाज़ कितनी ही भारी क्यों न हो जाए, घर में सब उसे बच्चा ही मानते हैं।...और अभी तो वह ख़ुद भी यही महसूस कर रहा था।

मन ने फिर से हल्का होना चाहा—बाबूजी गुस्सा तो होंगे...लेकिन बात समझेंगे तो शायद कुछ न कहें!

...पर बाबूजी आजकल किसी की बात कहाँ सुनते हैं। मन हल्का होने के बदले भारी हो गया। इतना भारी कि उसे चाहकर भी उठाया न जा सके।

आजकल बाबूजी किसी की नहीं सुनते और जिस तरह से वे घर में पेश आते हैं, उसे देखते हुए कोई विश्वास भी नहीं कर सकता कि कभी वे किसी की सुनते भी होंगे। वैसे सुनते क्या होंगे, कभी किसी की किसी बात पर गुस्सा नहीं करते होंगे बस। इधर तो उन्हे हर बात पर गुस्सा ही आता

है। भैया ने एक बार बताया था कि, वे किस तरह से बाबूजी के पान खाने का इन्तजार करते थे। जब वे पान खा लेते, तभी भैया कुछ कहते या किसी चीज़ की माँग करते। भैया के हिसाब से बाबूजी पान खा लेने के बाद गुस्सा नहीं होते थे और उनके हिसाब से वही समय होता था कुछ माँगने का। वैसे, इस पान के जिक्र में उसे यह भी बताया गया था कि पिताजी पान खा लेने पर भी हर बात नहीं मान लेते थे। कितनी बार ऐसा भी हुआ था कि उन्होंने तुरन्त पान फेंककर भैया की खबर ली। जो भी हो पर ये तब की बात थी, अब तो बाबूजी ने पान खाना ही छोड़ दिया है। वे पान खाते रहते तो शायद उसके पास भी वह विकल्प होता, जो भैया के पास था। इसके अलावा एक बात यह भी है कि अभी घर के जो हालात हैं, उनमें इस बात की दूर-दूर तक कोई सम्भावना नहीं है कि बाबूजी पान खाने के बाद भी उसकी बात मान लेते या कम से कम सुन ही लेते!

इन हालात का अन्दाजा इसी बात से लगाया जा सकता है कि घर में पूरी अगरबत्ती के बजाय उसके दो टुकड़े कर दिए जाते हैं ताकि दूसरा टुकड़ा अगले दिन काम आए। वह देख रहा है कि उसके निक्कर का रंग धुल चुका है, साइकिल का शॉकर ठीक न करा पाने की स्थिति में उसने अपनी साइकिल से शॉकर ही निकाल दिया है। ख़ुद बाबूजी की साइकिल की घंटी कब से बिगड़ी हुई है।

ये हालात ऐसे न होते। बाबूजी की तनख्वाह (जिसे घर में सभी दरमहा कहते हैं) पिछले तीन साल से बन्द है। एक बड़े परिवार में वही सरकारी नौकरी वाले और उनकी ही तनख़्वाह बन्द! ऐसे परिवारों में जो एक आदमी सरकारी नौकरी करता है या जिसकी स्थायी आमदनी है, उसकी स्थिति वैसे भी ठीक नहीं रहती। माँ किसी तरह यह सोचकर सन्तोष कर लेती है कि 'किसी तरह घर बन गया नहीं तो तुम्हारे बाबूजी जिस तरह अपने निकम्मे भाइयों पर पैसा लुटा रहे थे, मैंने तो शहर में अपने घर की उम्मीद ही छोड़ दी थी।'

बाबूजी के कॉलेज की स्थिति भी अजीब है। तीन साल से एक पैसे नहीं मिले हैं, पर ड्यूटी पूरी चाहिए—दस बजे जाना और शाम चार बजे के बाद

ही घर लौटना। उस समय बाबूजी घर पर रहते तो ठीक था। जो भी करना होता स्वयं कर सकते थे।

उसे इस बात का अन्दाजा भी नहीं था कि वह इतने सोच-विचार में घिर जाएगा। वह तो रोज की तरह स्कूल से लौट रहा था साइकिल के कैरियर में बैग दबाए हुए। उसने अपनी साइकिल मेन रोड से अपने मुहल्ले की सड़क में मोड़ी ही थी। उसे क्या पता था कि ऐन उसी समय सुभाष सर मिल जाएँगे! उसे याद है कि वह साइकिल से उतर गया था और बढ़कर पैर भी छू लिए थे। सुभाष सर ने उसे छठी कक्षा से दसवीं कक्षा तक लगातार ट्यूशन पढ़ाया था। वे कहीं जा रहे थे, इसलिए ज़्यादा बातें नहीं हुई—

—कहाँ पढ़ते हो?

—सर, केन्द्रीय विद्यालय में।

—बाहर कहीं प्राइवेट स्कूल में क्यों नहीं चले गए...दिल्ली या कम से कम पटना...?

सुभाष सर का यह सवाल जैसे उसने सुना ही नहीं, वह चुप रहा। उसके पास इसका कोई जवाब नहीं था सिवाय चुप्पी के। उसे पता था कि सुभाष सर ख़ुद ही इस चुप्पी को तोड़ेंगे।

—...और यहाँ किस-किस के यहाँ ट्यूशन पढ़ रहे हो?

—जी मैं कहीं ट्यूशन नहीं पढ़ रहा हूँ आजकल...।

—इंटर में आर्ट्स तो नहीं ले लिया है तुमने? सुभाष सर ने प्रश्न नहीं पूछा था, बल्कि वे चिल्ला पड़े थे।

—नहीं साइंस लिया है...फिजिक्स, केमिस्ट्री और बायो...

—अरे ब्बाप रे...।

उसके बाद सुभाष सर ने कुछ बोला हो, उसे पता नहीं। उसे बस उनका 'अरे ब्बाप रे' याद है। वह समझ गया था कि सुभाष सर की नज़र में इंटर में साइंस लेकर भी ट्यूशन न पढ़ना एक अपराध है।

दसवीं पास करने के बाद कहीं बाहर जाकर पढ़ना या यहीं के किसी प्राइवेट स्कूल में पढ़ना उसके हाथ में नहीं था। और क्यों नहीं था, यह उसे पता है।

पर साइंस लेकर उसके सारे विषयों का ट्यूशन लेना उसके हाथ में था। बाबूजी ने कहा भी था ट्यूशन ले लेने के बारे में...तब उसने ही मना कर दिया था।

वह तब छोटा ही था पर भैया के दिनों से ही देखता आ रहा था कि ट्यूशन की क्या स्थिति है। इंटर के ज़्यादातर छात्र ट्यूशन के चक्कर में स्कूल जा ही नहीं पाते हैं। सरकारी से लेकर प्राइवेट स्कूल तक का मानना है कि, स्कूल की पढ़ाई से डॉक्टर-इंजीनियर तो कोई बन नहीं सकता, इसलिए उनकी ओर से छात्रों को खुली छूट होती है। बस दिन-भर साइकिल के कैरियर में कॉपी दबाए या हाथ में कॉपी थामे इस विषय के मास्टर के पास से उस विषय के मास्टर के पास, पढ़ाई होती होगी पर हंगामा उसके मुक़ाबले ज़्यादा होता है।

जो छात्र स्कूल और ट्यूशन दोनों करते हैं उनकी दशा सबसे खराब रहती है। स्कूल की छुट्टी होते ही ट्यूशन या फिर ट्यूशन से स्कूल। उनका एक पैर तो साइकिल पर ही रहता है। इस शहर में वैसे भी उसकी उम्र का कोई अकेले मोटरसाइकिल चलाने की सोच भी नहीं सकता। एक तो माँ-बाप देंगे नहीं और यदि किसी तरह मार खा-खू के मिल भी गई तो एक से दो दिनों में ही छिना जाएगी। साइकिल तक को तो बख्शते नहीं हैं। इस तरह दिन-भर थककर घर लौटने पर क्या पढ़ाई होती होगी...जान बचती होगी तो कोई पढ़ पाता होगा।

वैसे यह भी तय है कि जिस उम्मीद में यहाँ के छात्र अलग-अलग विषयों की ट्यूशन लेते हैं, वे पूरी कहाँ होती हैं। शहर के किसी मुहल्ले से साल दो साल में किसी के आई आई टी या एन आई टी में चुने जाने की खबर उड़ती है बाकी थक-हार कर यहीं सहरसा कॉलेज में बीए में नाम लिखा लेते हैं। डॉक्टरी में किसी के जाने की अफवाह तक नहीं उड़ी है पिछले कुछ सालों से।

इतना जानते हुए ट्यूशन लेने में उसकी कोई दिलचस्पी नहीं है। उसे जब भी कोई समस्या आती है तो वह अपने स्कूल के अध्यापकों को परेशान करता है। उसके बाद भी बात नहीं बनती तो वह बाबूजी की जान पहचान के एक-दो शिक्षकों के पास चला जाता है, जो अपना ट्यूशन सेंटर चलाते हैं। कुछ लोग जो केवल ट्यूशन ही करते हैं या कोचिंग सेंटर चलाते हैं उनको छोड़कर

सरकारी और निजी विद्यालय से लेकर कॉलेज तक में पढ़ानेवाले साइंस और इंग्लिश के शिक्षकों के यहाँ कोई बोर्ड नहीं लगा हुआ है, कोई प्रचार नहीं है, फिर भी बहुत भीड़ रहती है। वह जब कभी कोई बात समझने के लिए किसी शिक्षक के पास गया है उसने वहाँ बहुत भीड़ देखी है। इतनी भीड़ हर साल होती है। उनकी तो तनख्वाह बन्द भी हो जाए तो कोई फ़र्क़ नहीं पड़ता होगा।

एक दिन केमिस्ट्री वाले महानन्द बाबू ने उसे बाहर इन्तजार करने को कहा और स्वयं पढ़ाते रहे। उसे बीस-पच्चीस मिनट तक इन्तजार करना पड़ा होगा। उतनी देर में उसने देखा छात्रों की ओर से कोई सवाल नहीं आया यहाँ तक कि उनकी नज़र भी नहीं उठी। वे महानन्द बाबू के बोले गए एक-एक लफ़्ज को अपनी कॉपी पर तेज़ी से उतार रहे थे। वे यदि नज़र उठाते तो उनका लिखना छूट जाता फिर किसी दोस्त की कॉपी लेकर 'उतारना' पड़ता।

सुभाष सर के यहाँ पढ़ते-पढ़ते उसे समझ में आने लगा था कि ट्यूशन ज़्यादा मदद नहीं करता। असल बात है अपने से पढ़ना और जो कहीं फँस गए तो समझानेवाले मिल ही जाते हैं। भागने दो लोगों को इस ट्यूशन सेंटर से उस ट्यूशन सेंटर और इंटर के बाद कोटा राजस्थान। माँ भी उसका समर्थन करती है—'कोचिंग थोड़े ही पढ़ता है, पढ़ता तो छात्र है।' वह जानता है कि माँ ऐसा क्यूँ कहती है और क्यों वह अपने दाँतों का इलाज़ नहीं करवातीं।

इंटर के दो-तीन महीने के भीतर उसने अपने को कम से कम ठीक तरीके से तो ढाल ही लिया था। साइकिल से सुबह-सुबह स्कूल जाना, वापस आकर आराम से अपनी पढ़ाई करना। विद्यालय की इकाई परीक्षाओं के परिणाम उसके ट्यूशन न पढ़ने के निर्णय को कब का और मज़बूत कर चुके थे।

रास्ते में मिलने के अगले ही दिन सुभाष सर घर आ गए। वह कुछ पढ़ रहा था और उसे लगा कि किसी और के दरवाजे की कुंडी खटखटाई गई है। फिर से जब खटखट हुई तो उसने दरवाजा खोला और सामने थे सुभाष सर—शान्त, उदास और किसी चिन्ता में दूसरी ओर देखते हुए।

उसे सुभाष सर की हालत का अन्दाजा था। दसवीं के पहले ही उसने ट्यूशन छोड़ने का मन बना लिया था लेकिन अपने प्रिय अध्यापक की स्थिति

ने उसे बार-बार रोका। इसीलिए वह वहाँ पढ़ता रहा। इतना ही नहीं वह अपने से छोटी कक्षाओं को पढ़ाने में सर की मदद भी कर देता था।

उसने सर को अन्दर आने को कहा...वे फिर भी वहीं खड़े रहे, उसी ओर देखते हुए जैसे उन्होंने सुना ही न हो। उसने फिर से अन्दर चलने को कहा तो भी वे नहीं आए। वे कुछ देर वैसे ही खड़े रहे, फिर चुपचाप लौट गए। वह देर तक वहीं खड़ा रहा, उसी ओर देखते हुए जिस ओर सर देख रहे थे। जिस दिन वह अन्तिम बार उनके यहाँ पढ़ने गया था, उस दिन भी तो वे इसी तरह कुछ नहीं बोले थे। न कुछ बोला और न ही कुछ पढ़ाया था...।

बाबूजी आ गए थे। आजकल वे शाम को उदास ही लौटते हैं। वे घर आते हैं तो लगता है घर में बिजली आ गई हो। सब सक्रिय हो जाते हैं या कुछ-न-कुछ करते हुए दिखना चाहते हैं। भैया चाहे दिन-भर सोते हों, पिताजी के आने के ऐन पहले पता नहीं किस तरह जग जाते थे और कोई किताब लेकर बैठ जाते थे जैसे बहुत देर से पढ़ रहे हों। माँ जो दोपहर में आराम कर रही होती थी, बाबूजी की आवाज़ से उठ जाती और सोए-सोए चेहरे के साथ बाहर आती थी। एक उन्हीं को देखकर लगता था कि उनको बाबूजी से डर नहीं लगता। नहीं तो घर की दीवार पर टँगे कैलेंडर तक को उनसे डरना पड़ेगा। ऐसा ही एक किस्सा भैया बताते थे। उस समय आमिर खान की फ़िल्म मंगल पांडे आनेवाली थी तो अख़बार के पिछले पन्ने पर मंगल पांडे बने आमिर खान की तसवीर छपी थी। भैया ने उसे काटकर दीवार पर चिपका दिया था। अगले दिन सुबह-सुबह ही पिताजी को गुस्सा आया और तभी के तभी भैया से वह पोस्टर हटवाया था। उस सम्बन्ध में पिताजी का कहना था कि मंगल पांडे बना आमिर खान हम लोगों की ओर दाँत कीचकर देख रहा था जो अच्छा नहीं था।

इधर माँ भी डरने लगी है, बाबूजी से नहीं बल्कि उनके उदास चेहरे से। वह उदासी केवल तनख़्वाह न मिलने की नहीं होती है, आजकल उसमें कुछ और चीज़ें शामिल हो गई हैं। सबसे ज़्यादा तो भैया कांड छाया रहता है, फिर कभी विश्वविद्यालय से कोई बुरी खबर आ जाती है तो उदासी और गहरी हो जाती है।

बाबूजी के चेहरे पर हमेशा की तरह उदासी की गहरी रेखा थी। कुर्ते और धोती की सफ़ेदी उस उदासी में इजाफ़ा ही कर रही थी। उसका मन कर रहा था कि वह इन्तजार करे शाम के ढलने का। उस समय तक वे नौकरी के माहौल से निकलकर घर के माहौल में शामिल हो जाएँगे। जब कड़ाही में पड़ी जीरे की छौंक उनके मन को घर में खींच लाएगी। लेकिन जो स्थिति है, उसमें कल्पना भी नहीं की जा सकती है कि उनका मन जरा भी चिन्ता से बाहर आएगा।

फिर से, उसी 'जो होगा सो होगा' की लहर उठी उसके मन में। तब तक बाबूजी कपड़े बदलकर अख़बार देखने लगे थे।

—बाबूजी, आज सुभाष सर आए थे...।

—क्यों? उसके पैसे तो दे दिए थे हमने...।

बाबूजी को आजकल लोगों के आने का एक ही कारण लगता है। उसने गौर से देखा उनके चेहरे पर प्रश्न भरी उदासी की गहरी छाया थी। वह चुप हो गया। ख़ुद बाबूजी ने ही फिर से सवाल किया।

—कुछ कह रहा था क्या सुभाष मास्टर?

—नहीं।

—फिर...? अब वह छाया और गहरी हो गई थी।

—वह बहुत उदास थे...कुछ कहना चाहते थे पर कुछ बोला नहीं...।

—तुमने पूछा था? छाया थोड़ी हल्की हुई थी।

—हाँ, पर वे बिना कुछ कहे ही दरवाजे से लौट गए...।

बाबूजी फिर से अख़बार में लौट गए जैसे उन्हें पता हो कि सुभाष सर क्यों आए थे।

—बाबूजी, मैं सोच रहा था कि उनके पास पढ़ने जाऊँ...।

इतना बोलकर वह दूसरी ओर देखने लगा, इस आशंका में कि बाबूजी अब बिफरने ही वाले हैं। पर वे चुप रहे। उनके चुप रह जाने ने उसकी हिम्मत बढ़ा दी।

—उनके पास बहुत कम ट्यूशन रह गए हैं और मैट्रिक-इंटर का कोई भी नहीं रह गया है कि ठीक-ठाक पैसा मिल जाए।

—हम लोग कहाँ से पैसे देंगे?

बाबूजी के इस सवाल का जवाब उसके पास नहीं था। वह हो, माँ हो या कि पहले भैया थे सबके इस तरह के सवालों के जवाब तो बाबूजी ही रहे हैं। आज वही जब यह सवाल करें तो क्या उत्तर हो किसी को नहीं मालूम। उसे अपनी बात का जवाब मिल गया था। वह अब इन्तजार करने लगा कि बाबूजी फिर से अख़बार में लौट जाएँ।

...रात को पढ़ते हुए भी वह उदास था। क्या पढ़ रहा था पता नहीं। शामें पिछले तीन सालों से कमोबेश इसी तरह की रही हैं। सब ज़्यादातर चुपचाप ही रहते हैं। माँ चुप, बाबूजी चुप और चुपचाप ही खाना भी पक जाता है। अँधेरा चुपचाप आकर गहरा जाता है और उसी तरह बत्तियाँ बुझाकर सब सो भी जाते हैं। इतनी चुप्पी भरी शामों में से ही एक शाम का इस तरह चुपचाप ठहर जाना वह झेल रहा था।

वह कुछ भी ऐसा करेगा जिसमें तनख़्वाह बन्द होने का कोई खतरा न हो और न ही यह डर हो कि आगे क्या होगा। इस डर ने घर को कभी खुलकर जीने नहीं दिया, कुछ करने नहीं दिया। माँ, भैया को लेकर वैसे ही भावुक रहती है फिर भी...कुछ दिन पहले कह रही थी 'हर साल मैं उससे कहती कि इस बार जब बाबूजी को दरमहा मिलेगा तो बाबूजी और तुम्हारे लिए अपने हाथों से स्वेटर बुनूँगी...ऐसा स्वेटर जो रेडीमेड को भी फेल कर देगा...पर वे स्वेटर कभी बने ही नहीं।' उसे माँ की आँखें याद हो आईं, डबडबाई हुई। वह उन आँखों से ख़ुद को हटा लेना चाह रहा था पर ख़याली आँखें ख़याल से तब तक नहीं जाती जब तक दूसरे ख़याल न आ जाएँ। पर ले लाठी, यहाँ दूसरे ख़याल में कौन से गाने चल रहे हैं। वहाँ सुभाष सर खड़े हैं, बिना कुछ कहे। दरवाजे से तो वे चले गए पर यहाँ से जा ही नहीं रहे हैं।

तंगहाल ज़िन्दगी में सब कुछ इतने तरतीब से क्यों होता है! रसोई में एक बर्तन नहीं गिरता। चावल का एक दाना या रोटी का एक टुकड़ा तक ज़्यादा

नहीं पकता। बिस्तर पर पढ़ रहे बच्चे की किताबें उसके उठने के साथ ही अपने स्थान पर पहुँच जाती हैं। ठीक समय पर सब खाते हैं और उसी तरह लयबद्ध होकर एक-एक बत्ती बुझाते हुए सब सो जाते हैं। सोना भी उसी लय और तरतीब में होता होगा, या सोने के भीतर का जागना भी उसी तरह!

वह उठा तो अँधेरा जा चुका था। वो तो बाबूजी जब जागते हैं तो अँधेरे को जाते हुए देखते हैं। स्कूल के लिए तैयार होते हुए उसके मन में कल की बात है लेकिन कोई सूरत न निकल पाने की हालत में मन में ज़्यादा उथल-पुथल नहीं थी। स्थिति का स्वीकार, जितनी तेज़ी से होता है, मन उतनी ही जल्दी शान्त होता है।

अब यदि सुभाष सर मिलेंगे तो नजर फेरनी पड़ेगी या वह अपना रास्ता ही बदल लेगा। कोशिश भी नहीं करेगा उनके बारे में जानने की। लोगों के बारे में ज़्यादा जानकारी दुख ही देती है। घर में वैसे ही दुखों की कौन सी कमी है।

इसी तरह सोचते हुए वह नाश्ता कर रहा था...नाश्ता वही रोज का रोटी-दही-चीनी। तभी बाबूजी ने उसे आवाज़ दी। वह हाथ में थाली लिए हुए ही उनके सामने पहुँच गया। वे मिर्च की क्यारी साफ़ कर रहे थे।

—सुभाष के पास पढ़ने कितने बजे जाओगे?

वह चुप रहा।

—उसके पास पढ़ने जाया करना...।

—पैसा?

वह आगे बोल नहीं पाया।

—पैसे की चिन्ता तुम क्यों करते हो...मैं बाबूजी हूँ न...फिर यह चिन्ता मेरी है...!

इसके बाद उसने अपने भीतर देखा, वहाँ सुभाष सर की जगह बाबूजी थे, किसी दरवाजे से बिना कुछ कहे वापस लौटते हुए!

तालाब

डेंसी के दाहिने हाथ पर अब भी दबाव जैसा महसूस हो रहा था जैसे गहरे पानी में कोई बड़ी मछली मचल रही हो। उसने तालाब की सीढ़ियों से पलटकर देखा, पानी की सतह शान्त हो चुकी थी। मन में एक मुस्कान छाई—थोड़ी ही देर में तालाब को मथ दिया जाएगा। शान्त पड़ी सतह फाड़कर तार-तार कर दी जाएगी! उसे पता था, इस समय आस-पास कोई नहीं होगा। माँ छत के पीछे वाले कमरे में सो रही होगी। पिछले साल-भर से वह देखती आ रही थी कि माँ की आँखें कैसे रात भर बरसते मेघ की तरह सुबह थककर सो जाती हैं। गुलाब के कुछ फूल जगे हुए थे। उसने उन्हें झुककर सूँघ लिया। रीते हुए मन पर गुलाबी गन्ध चढ़ गई। क्या इन फूलों ने कुछ देखा होगा? मन में उठी इस शंका के साथ ही उसने घूमकर चारों ओर फिर से देख लिया। कोई नहीं था, सिवा छितरी हुई गहन हरियाली के। किसी तरह की कोई आवाज़ नहीं थी, सिवा रात भर की बारिश के बाद पेड़ों की पत्तियों पर जमे पानी की टप-टप के! उसके कदम उस ओर बढ़ गए जहाँ ग्रेगरी की साइकिल रखी थी। उसने साइकिल की बाईं मूठ पर हाथ रख दिया। अपने आप बन्द होती आँखों के नीचे साल-भर से उसी तरह खड़ी साइकिल की छवि थी। पूरे साल बाहर निकलना तो दूर कोई उसके पास तक नहीं गया होगा। वह अपने को झटककर बाहर ले आई। तालाब में नहाने से जो सर्दी का एहसास चढ़ने लगा था, उसमें फर्श की गर्म सतह भली लग रही थी। उसने हाथ बढ़ाकर एक स्विच दबा दिया और छोटे से क्रॉस पर टँगे जीसस का पूरा शरीर रोशनी में नहाने लगा। इस एक साल में पहली बार ऐसा हो

रहा था, जब उसे दिन के चढ़ने की प्रतीक्षा थी। बात के खुलने का इन्तज़ार था। अब वह कपड़े बदलकर लेट गई लेकिन मन बाहर ही टँगा था।

जब पहली बार ग्रेगरी ने तैरना सीखने की बात की तो डेंसी बहुत खुश हुई। वह अपने भाई को तैरना सिखाएगी। एक दिन कॉलेज से लौटते हुए वह कार का एक पुराना ट्यूब खरीद लाई। ठसाठस भरी बस में फूली हुई ट्यूब लाने में काफी दिक़्क़त हो रही थी। उसने एक हाथ से ट्यूब और दूसरे हाथ से बस की छत से लगी लोहे की डंडी पकड़ रखी थी। पहाड़ी गाँवों की सड़कें यूँ भी घुमावदार ही होती हैं। बस जब दाएँ या बाएँ मुड़ती तो डेंसी की सारी ऊर्जा अपने को सँभालने में ही लग जाती। ऐसा लगता पूरे शरीर से सारी ताकत हाथ के उस छोर पर पहुँच रही हो, जो बस से कसकर जुड़ी हुई थी।

"इसका क्या करेगी?"

"ग्रेगरी को तैरना सिखाऊँगी।"

सहेली को बताते हुए उसकी आँखें चमक रही थी। वह चमक उस सहेली की आँखों तक भी हवा में तैरकर पहुँच चुकी थी। उसके 'पोलिच्चु' के जवाब में वह मुसकरा उठी थी। ग्रेगरी से उसकी सारी सखियाँ परिचित थीं। एक तो उसका प्यारा-सा चेहरा, ऊपर से उसका लगातार मुसकराते रहना किसी को भी अपनी ओर आकर्षित कर लेता था। वैसे भी बच्चे बहुत आकर्षक होते हैं न! डेंसी कई बार अपने घर में कहती—

"काश! मैं इसे बैग में भरकर कॉलेज ले जा सकती।"

"फिर तो हो चुकी पढ़ाई।" माँ हर बार इतना ही कहती।

कहने को तो वह कावलांगाड़ ग्राम पंचायत का तालाब था लेकिन उन तीन घरों से लगे होने के कारण ऐसा लगता कि उनमें से ही किसी घर की सम्पत्ति हो। केरल के पहाड़ी इलाकों में यूँ तो बहुत बारिश होती है लेकिन एक समय के बाद जब बारिश बन्द हो जाए और आकाश का दिया हुआ सारा पानी समुद्र ले ले, तो पानी का संकट आ जाता है। मौसम, पानी पर चढ़कर एक छोर से दूसरे छोर पर ज्यों ही उतरता, पहाड़ों से धुआँ उठने लगता...रात को लाल-लाल आग की मोटी रेखा पहाड़

की घास से लेकर पेड़-पौधे तक को जलाने लगती है। कौन जाने और क्या-क्या जलता होगा! सपने भी तो ज्वलनशील होते हैं। नीचे खड़े पौधे और पेड़ उन दिनों उदास होने लगते हैं, उनका उदास होना और धीरे-धीरे सूखते जाना साथ-साथ होता है। प्रकृति की इन सन्तानों को लगातार पानी पिलानेवाले खेतों के लिए लगभग हर पंचायत ने जगह-जगह उपलब्ध जमीन के हिसाब से छोटे-बड़े तालाब बनाने शुरू कर दिए। पेड़-पौधों की उदासी कम करनेवाले तालाब!

डेंसी के घर के पास भी तालाब बना। रेलवे ठेकेदार जिम्मी के घर के सामने बना तालाब उनका अपना ही तालाब लगता था। ऊँचाई पर बना शानदार घर, उसके नीचे रास्ते के बाईं ओर लगाई कोको और केले की खेती, फिर सबसे नीचे तालाब। तालाब जहाँ खत्म होता था, वहीं ऊपर से सड़क शुरू होती थी। भीतरी इलाकों को जानेवाली सड़क पर कभी-कभी ही कोई बस आती थी। इसलिए बसों में ज़्यादा भीड़ रहती। डेंसी के परिवार को सड़क से उतरकर घर तक आना हो तो कोको और केले के पेड़ों के शुरू होने से पहले तक तालाब के किनारे-किनारे ही चलना होता था। यह बात पंचायत उप-प्रमुख के साथ नहीं थी। उसके घर से देखने पर तालाब केलों के पीछे छिपा हुआ मालूम होता था।

पहली बार जब ग्रेगरी तालाब में उतरा तो डेंसी की हँसी छूट गई। उसने छोटे से शरीर में ट्यूब फँसाकर उसे पानी में उतारा था। ट्यूब की वजह से वह पानी में डूब तो नहीं रहा था लेकिन उसके कारण ही वह आगे भी नहीं बढ़ पा रहा था। बच्चा कितने भी हाथ-पैर मारे पर आगे बढ़ ही न पाए! छोटे-छोटे हाथ पानी पर चप्पू की भाँति चल तो रहे थे लेकिन ट्यूब के आगे सब बेअसर! वह ट्यूब और कच्चे मन की तेज़ी की लड़ाई थी। ग्रेगरी तेज़-तेज़ हाथ चलाकर भी रुका हुआ ही! ट्यूब ही जीत रहा था। उसकी पानी पर आगे बढ़ने की व्यग्रता साफ़ दिख रही थी। भिंचे हुए दाँतों के साथ उसने बहन की ओर देखा, जैसे कोई जादुई तरीका जानना चाह रहा हो, पानी पर आगे बढ़ने का।

"धीरे-धीरे होगा...अभी ऐसे ही करो..." कहते हुए डेंसी ने उसे चूम लिया था।

वह ख़ुद भी तो ऐसे ही सीख पाई थी। तीसरे दिन के बाद ही वह आगे बढ़ना शुरू कर पाई थी।

ग्रेगरी को तैरते हुए एक हफ्ता हो गया। इस अवधि में उसके तैरने में ठीक-ठाक प्रगति हो चुकी थी। चौथे दिन से वह इतनी तेज़ी से हाथ चलाने लगा कि पानी की सतह पर आगे बढ़ सके। उसके तैरने के दौरान डेंसी लगातार साये की तरह आस-पास बनी रहती थी। उससे आगे-आगे चलते हुए उसका हौसला बढ़ाते हुए। फिर एक वक़्त ऐसा भी आया, जब डेंसी ने उसे बिना ट्यूब के पानी में उतारा। बच्चे का हल्का शरीर अब तक पानी की सतह पर अपने को बिना डूबे बनाए रखना सीख चुका था। उसके हाथों ने भी पानी को पीछे धकेलकर आगे बढ़ने का हुनर जान लिया था। सो बिना ट्यूब के भी वह पानी की सतह पर तैर पा रहा था। नए-नए सीखे हुए हाथ उसे बार-बार दूर जाने की प्रेरणा देते, सामने का किनारा उसे आमंत्रित करता लेकिन बीच में होती बहन की रोक! कुछ भी हो आख़िर वह था तो बच्चा ही। तालाब के इस किनारे से उस किनारे तक तैरने में कहीं थककर रुक गया तो डूब ही जाएगा। इसलिए डेंसी उसे अपने चारों ओर एक गोलाई में ही तैरने देती थी। धीरे-धीरे तैरने की गोलाई बढ़ने लगी थी और ग्रेगरी के पानी में रहने का समय भी। तैरते-तैरते उसके दाँत भिंच जाते मानो पूरा शरीर पानी पर आगे बढ़ने के लिए ताकत बटोर रहा हो। फिर, नाक से फों-फों की आवाज़ आने लगती। गोलाई में तैरने का फायदा था, डेंसी हमेशा उस पर नज़र रख सकती थी और दोनों की दूरी कभी बदलती भी नहीं ताकि किसी भी स्थिति में वह अपने भाई तक पहुँच सके!

उस दिन रविवार था और रविवार को हर जगह छुट्टी रहती है सिवाय चर्च के। चर्च में लगनेवाले 'संडे स्कूल' में जाना अनिवार्य था। संडे स्कूल एक तरह से धर्म की पढ़ाई है। विवाह के समय संडे स्कूल की सदस्यता और उसके प्रमाणपत्रों का बहुत महत्त्व है। चर्च जिस तरह से ईसाई जीवन

को नियंत्रित करता है, उसमें संडे स्कूल को व्यक्तिगत जीवन पर नियंत्रण के एक तरीके की तरह ही देखा जाता है। चचेरी बहन 'लिया' की शादी में कितना बखेड़ा हुआ था, 'माइ गॉड'! अंकल ने हिन्दू लड़की से शादी कर ली और चर्च ने उस शादी को नहीं माना। वे सऊदी चले गए। सोचा, बच्चों के बड़े होने तक धर्म नरम पड़ जाएगा, पर चर्च कहाँ भूला था कुछ! बवाल इतना बढ़ गया कि लिया की शादी कोयंबतूर जाकर करवानी पड़ी थी। अंकल-आंटी की हालत देखकर मम्मी-पापा परम भक्त हो गए! चर्च से लौटते ही भाई-बहन पानी में आ गए। तालाब पर एक दो और लोग थे, जो अपना नहाना खत्म कर जानेवाले थे। ग्रेगरी अब बहन के चक्कर काटने से आगे बढ़ चुका था। वह सीधे तैरने लगा था। उसके आत्मविश्वास को देखते हुए डेंसी ने भी थोड़ी-बहुत ढील देनी शुरू कर दी थी। अब वह उसके साथ सीधी रेखा में तैरती, कभी साथ-साथ तो कभी आगे-आगे। इसके बावजूद वह उसे आधे तालाब से आगे नहीं जाने देती थी। आधा तालाब भी बहुत होता है न! इस बार बिना रुके दोनों भाई-बहन आधे तालाब में दस बार तैर गए। भाई का उत्साह और उसके ठंड से गहरे होते होंठ दोनों एक दूसरे के विपरीत पड़ते थे लेकिन उत्साह ही जीत रहा था। नौसिखिए का उत्साह बहुत प्यारा होता है। उसी के बल पर वह अपने को खींचता जाता है भले ही शरीर थक जाए, मन नहीं थकता।

"चलो अब हो गया...बाहर निकलो।"

"बस एक बार...एक बार...चेची, एक बार तुम मुझे अकेले तैरने दो।"

"ठीक है...लेकिन एक बार ही बस..." यूँ कहकर वह पलट गई।

अपने हाथ उसने इतने धीरे चलाने शुरू कर दिए कि भाई के हाथों की छप-छप सुनाई दे सके। उसके ख़ुद के तैरने की आवाज़ में वह आवाज़ गुम न हो जाए। उसकी छप-छप में वही रोज़ की लय और गति थी। वह आकर तालाब की सीढ़ी पर इन्तज़ार करने लगी। भरे तालाब में भाई अकेले तैर रहा था। देखकर उसके होंठों पर मुस्कान पसर गई। भाई की सफलता, पानी पर उसकी जीत की तरह लगी। थोड़ी ही देर में भाई लौटने लगा। छप-छप की

आवाज़ क़रीब आने लगी। ज्यों-ज्यों वह क़रीब आता जा रहा था डेंसी के चेहरे पर सन्तोष बढ़ता जा रहा था। अब भाई अकेले भी तैर सकता था। बच्चे इसी तरह तो आत्मनिर्भर बनते हैं। लेकिन यही आत्मनिर्भरता उन्हें धीरे-धीरे सबसे अलग भी करती जाती है। भाई से अलग होने की बात उसे उदास करने लगी। अब तक भाई बहुत क़रीब आ गया था।

"अब तुम पूरी तरह से तैरना सीख गए...।" ग्रेगरी बहन की इस बात पर मुसकरा उठा।

वह पानी से बाहर आने के लिए सीढ़ी के पास आ गया। बहन उसे अपनी बाँहों में भरने के लिए बेताब थी। लेकिन, पहली सीढ़ी पर पैर रखते ही वह फिसल गया। वह लड़खड़ाकर पानी में गिर पड़ा। गिरने से पहले उसने बहन की ओर हाथ बढ़ाया था। डेंसी के हाथ उसके हाथ तक नहीं पहुँच पाए! उसे अचानक लगा कि भाई हमेशा के लिए दूर हो रहा है...बदन में झुरझुरी दौड़ गई। भाई के हाथ का पीछा करते हुए वह पानी में कूद पड़ी। कुछ मिनट के बाद बाहर आई तो खाली हाथ! समय नहीं था कुछ भी सोचने का, उसने फिर से गोता लगा दिया। इनसान पानी में आँख खोलकर कितनी दूर तक देख सकता है, उस सीमा का आभास उसे उसी क्षण हुआ। धुँधले पानी में भाई की कोई पहचान नज़र नहीं आ रही थी। ख़ुद उसका भी दम घुटने लगा था। उसे साँस लेने के लिए वापस सतह पर आना था। पर भाई बिना साँस के पानी में डूबा पड़ा है, यह सोचकर उसने फिर से कोशिश की। अब उसके फेफड़े जवाब देने लगे थे। वह ऊपर आ गई। उसके मन में रोना भरा था जो बाहर आना चाह रहा था। उसने तीसरी बार गोता लगाया। इस बार भी वह देर तक नीचे रही। तालाब की सतह पर पड़े एक पुराने कपड़े को को छूकर लगा कि भाई का स्पर्श हो पर, खींचने पर निराशा के सिवा कुछ नहीं था वहाँ। समय खत्म होता जा रहा था। उसने दूसरों की सहायता लेने की सोची। तालाब से बाहर निकलकर बेतहाशा चिल्लाना शुरू कर दिया। उसकी माँ और तीन चार और लोग दौड़ते हुए आए।

"ग्रेगरी डूब गया है..." उसके मुँह से बस इतना ही निकल पाया।

इतना सुनते ही वहाँ जितने लोग थे सब पानी में कूद पड़े। वह फिर से कूद गई। थोड़ी देर बाद सीढ़ी से बहुत दूर गोता लगा रहे एक व्यक्ति ने ग्रेगरी को निकाला। उसके शरीर में कहीं थोड़ी-सी जान थी भी या नहीं किसे पता! सब उसे लेकर अस्पताल भागे थे।

दोनों काफी देर से तैर रहे थे! तैरने की थकान में और डूबने की हताशा में बच्चे ने जो हाथ-पैर मारे होंगे उससे वह जहाँ गिरा, उससे दूर निकल गया होगा। अकेली लड़की इतने बड़े तालाब में कहाँ-कहाँ तक खोजती!

"तुम इतनी देर तक सोई हुई हो...बाहर देखो क्या हो गया।" माँ ने झकझोरकर उठाया उसे।

चारों ओर से ही अजीब-सा शोर आ रहा था। उन आवाज़ों में सबसे प्रमुख आवाज़ थी रोने की। उसने अपने आपसे लोगों के इस कदर रोने की वजह जाननी चाही। उसकी आँख लग गई थी। उसका मन भूल चुका था कि शरीर को क्या बताना है। सारी बातें एक दूसरे में गड्ड-मड्ड हो रही थीं। उसे पता था कि यह नींद का असर है, पर क्या बाहर का रुदन भी और उतना सारा शोर सब नींद में हो रहा है? उसने अपने को वापस कमरे में लाने की चेष्टा की। सामने माँ खड़ी थी, रोज की तरह सूजी हुई आँखें लेकर। डेंसी माँ के इस रूप को जानती थी। ग्रेगरी के जाने के बाद से माँ हर रात उसकी तसवीर के साथ अपने बिस्तर पर जाती। रात-रात भर उन्हें नींद नहीं आती। देर तक रोने के बाद कभी थोड़ी देर को आँख लगती होगी। रोने के असर से आँखें सूजी रहतीं।

"थॉमस का बेटा तालाब में डूबकर मर गया।" माँ के मुँह से यह बात बुरी खबर की तरह निकली।

बाहर के शोर में जो रुदन का स्वर सबसे तेज़ और व्याकुल करनेवाला था। घर के बाहर की सड़क पर कई कारें आ गईं। कारों से उतरनेवाले लोग उदास चेहरों के साथ बाहर निकलते और पड़ोस के घर के अहाते में समा

जाते। पंचायत उप-प्रमुख के बेटे की मौत हुई थी, सो सभी उपस्थिति दर्ज कराना चाह रहे थे। बाहर फिर से बारिश शुरू हो गई थी। सो मातमपुरसी के लिए आनेवाले लोग या तो घर के खाली कोनों में भर रहे थे या फिर बाहर भीग रहे थे। लेकिन मौत के दुख में भीगनेवाले लोगों में भी जाने की जल्दी नहीं थी। वे डटे हुए थे। मृत्यु सब कुछ निरर्थक बना देती है।

ग्रेगरी की मौत के बाद घर कितना सूना हो गया था। ऐसा लगता था कि घर से बने रहने का मकसद ही उठ गया। माँ ने घर में बने छोटे से चर्च में रोशनी करना भी छोड़ दिया। वह अपने ईश्वर को उसके इस ग़लत कदम का दंड देने लगी। उनके हिसाब से ईश्वर ने यह पाप किया था, जिसकी सजा ईश्वर को भुगतनी थी। उसे अँधेरे में रहना था। माँ ने तो चर्च भी जाना छोड़ दिया। साल-भर बाद भी डेंसी को सारी बातें साफ़-साफ़ याद हैं। चर्च के पादरी अभी थॉमस के यहाँ बाइबिल पढ़ रहे थे, उन्होंने उस दिन अप्पा के पास आकर जो कहा था वह भी याद है उसे—ठीक उसी तरह!

"जिम्मी, इस दुख की घड़ी में तुमसे सांत्वना के लिए क्या कहूँ...जो कहने की बात होगी वह मुझे क्या ख़ुद गॉड को नहीं पता...इस मौत पर जीजस भी रोते...बस यही कहूँगा कि डेंसी को देखना...ग्रेगरी उसकी आँखों के सामने से गया है...।" फादर की इस बात पर वहाँ खड़े सभी रो पड़े थे।

फादर की बात सच थी। डेंसी की आँखों में ग्रेगरी के दो रूप बिलकुल ठहर से गए थे। अकेले तैरकर वापस आ जाने पर उसकी मुस्कान और फिसलते हुए, बहन से सहायता के लिए बढ़ाया हुआ हाथ—ये दोनों तसवीरें उसके हृदय को मरोड़ने लगी। वह कई दिनों तक सो नहीं पाई। उसके लिए यह समझना मुश्किल था कि वह अब नहीं रहा, अब कभी नहीं लौटेगा। उसे बाहर निकाला गया था, सबके सामने उसका शरीर दफ्न भी कर दिया गया लेकिन मन उस बात को मानने के लिए राजी ही नहीं हो पा रहा था। जब लोग उसे दफनाने ले गए, तब वह भागकर तालाब पर चली गई थी। उसे लगा वह अपने भाई को पानी से निकाल लाएगी। ग्रेगरी के जाने के बाद बाहर सब कुछ सामान्य होने लगा लेकिन उसके भीतर की उम्मीद वहीं की

वहीं रही। उसे लगता ग्रेगरी अभी पानी के बीच से अपने हाथों को छपछपाते हुए आकर उससे लिपट जाएगा, इसलिए वह बार-बार तालाब की सीढ़ी पर आकर खड़ी हो जाती। उसका तालाब पर आकर खड़ा होना काफी बढ़ गया। वह तालाब पर जाती और घंटों सीढ़ियों पर खड़ी रहती। जानेवाला यदि इस इन्तज़ार को देख पाता तो ज़रूर लौट आता। कई दिनों तक उस तालाब पर कोई नहाने भी नहीं आया। किसी ने अपने किसी भी पौधे को वहाँ का पानी नहीं पिलाया। उन दिनों वहाँ बस डेंसी का इन्तज़ार पसरा रहता था। उस प्रतीक्षा में असंख्य बार वह उस घटना को अपने मन में दोहराती और अपने को कोसती।

—क्यों मैंने उसकी बात मान ली... क्यों ही उसे छोड़कर बाहर निकल आई...और वह बढ़ा हुआ हाथ क्यों मेरे हाथ में नहीं आ पाया?

इन प्रश्नों की श्रृंखला में वह ख़ुद को कोसती चली जाती। लोग उसे रोते या उदास देखते तो उसके प्रश्नों से उसे यह कहकर अलग होने को कह बैठते कि—'उसका साथ इतना ही था', 'उसका समय आ गया था'! अपने प्रश्नों के ये उत्तर डेंसी को कहाँ सन्तुष्ट कर पाते थे! वह तो बस प्रश्नों के गहरे कुएँ में धँसती चली जाती। तालाब की सीढ़ियों पर बैठ, वह पानी में लगातार देखती रहती, मानो जो पानी में खोया वह पानी के रास्ते ही मिल जाएगा। 'मिलना' शब्द इतना ज़रूरी उसे पहले कभी नहीं लगा था। इस शब्द पर आते-आते उसकी छाती के भीतर का एक बड़ा हिस्सा खाली होने लगता। ठीक उन्हीं क्षणों में वह तालाब में छलाँग लगा देती। फिर शुरू होता डुबकियों का सिलसिला। ये उसके बावलेपन की शुरुआत थी। शुरुआत के बाद तो जैसे सिलसिला ही चल पड़ा। वह गोते लगाते-लगाते थक जाती तो सीढ़ियों पर बैठी रहती। कई बार माँ उसे रात में पकड़कर लाती।

"वह तो चला गया, अब तुम भी मुझे छोड़कर जाना चाहती हो क्या...? तुम्हें भी कुछ हो गया तो किसके सहारे रहूँगी मैं...?" उस दिन माँ ने रोते-रोते कहा था।

माँ के लिए उसे ज़िन्दा रहना था। लेकिन तालाब! वह जब भी तालाब के पास से गुज़रती थी, उसे लगता कि ग्रेगरी हाथ बढ़ाकर उससे मदद माँग रहा हो। उसका मन करता वह तालाब में छलाँग लगा दे और खोज लाए अपने डूबे हुए भाई को। घर से बाहर निकलने के लिए उसे तालाब के पास से गुज़रना होता। उसने निकलना बन्द कर दिया। उसका कॉलेज जाना तो पहले ही रुक गया था। भाई से बढ़कर कुछ नहीं। खाना-पीना भी नहीं। उसकी आँखें लाल रहतीं लेकिन नींद से खाली। घर में खाने-पीने की बात भी नहीं होती थी। अप्पा काम पर लौट गए थे। घर में बैठी माँ के पास ग्रेगरी की तसवीर थी और डेंसी के पास तालाब!

भाई के जाने के बाद जब अप्पा पहली बार लौटे, तो रात हो गई थी। डेंसी उस समय तालाब की सीढ़ियों पर ही बैठी थी। वे भी पास आकर बैठ गए और बेटी को थाम लिया। डेंसी भीगे कपड़ों में बिलखती रही। अप्पा भी ज़ोर-ज़ोर से रोने लगे। उस दृश्य को देखकर तालाब भी रोता होगा! उसके आँसुओं में ग्रेगरी का चेहरा झिलमिलाता होगा। अप्पा अगले दिन ही उसे लेकर मनोचिकित्सक के पास पहुँच गए। अपने जीवन के अन्तिम सहारे को बर्बाद होते देखने की हिम्मत नहीं बची थी उनमें। टूटा हुआ इनसान दूसरे की टूटन को तुरन्त समझ जाता है। उसकी, मन के भीतर के भ्रंश को पहचानने की क्षमता बढ़ जाती है। चिकित्सक ने डेंसी से काफी बातें की, ख़ूब समझाया और नींद की दवाई दी। मन पर लगी चोट का इलाज़ इतना आसान कहाँ होता है। ऊपर से तब, जब मन को फाड़कर एक हिस्सा दफ्न कर दिया गया हो। डेंसी पर मनोचिकित्सक का भी कोई प्रभाव नहीं पड़ा। उसकी हालत ज्यों की त्यों बनी रही, हाँ दवाई के असर में नींद ज़रूर आती रही।

बेटी की हालत अप्पा के लिए डरनेवाली बात थी। अब वे हर हफ्ते घर आने लगे। लेकिन हालात वहीं के वहीं। लड़की लगातार उदास रहती। कभी घर की छत से तालाब को उदास आँखों से देखा करती, तो कभी तालाब में गोते लगाने लगती। बहुत सोचने के बाद, वे इस निर्णय पर पहुँचे कि पंचायत

उप-प्रमुख से कहकर तालाब में मिट्टी-भरवा दिया जाए जिससे तालाब के अस्तित्व के साथ-साथ डेंसी के मन से उसके ख़याल को भी मिटाया जा सके। तालाब नहीं रहेगा तो डेंसी के दुख का आधार ही खत्म हो जाएगा। यूँ भी तालाब में मिट्टी-भर देना पहाड़ तोड़कर उसमें अन्नानास उगाने जैसा कठिन काम तो नहीं ही है।

जिस दिन जिम्मी के मन में तालाब को मिट्टी से भर देने का विचार आया, उसके अगले दिन जिम्मी-परिवार पड़ोसी थॉमस के यहाँ पहुँच गया। यह पहली बार था, जब वे ग्रेगरी के बिना वहाँ गए थे। थॉमस के परिवार ने देखा होगा तो एक झटके में समझ लिया होगा कि जिम्मी-परिवार कितना टूटा हुआ और अधूरा सा था। वे चाहते थे कि ग्रेगरी का जिक्र उनकी बातों में न आए लेकिन ऐसा मुमकिन कहाँ था!

"वह जहाँ भी है शान्ति से रहे...हमें तो खोखला ही कर के चला गया न..." बोलते-बोलते डेंसी की माँ की आवाज़ बुझने लगी थी। उनकी आँखों से कुछ तारे टूटकर गोद में गिर गए। ग्रेगरी होता वहाँ तो वे तारे उसके माथे में समा जाते।

"डेंसी कितनी काली पड़ गई है..."

इस वाक्य के साथ ही सबका ध्यान डेंसी की ओर आ गया। कितने ही दिन हो गए उसने अपने बालों में तेल नहीं डाला था।

"इसी के लिए हम लोग तुम्हारे पास आए हैं थॉमस...हमारी ज़िन्दगी का आख़िरी सहारा है ये, इसे बचा लो।"

इसके बाद अप्पा ने अपने पड़ोसी थॉमस अंकल से तालाब को खत्म करवाने की गुज़ारिश की थी। उन्हें अन्दाजा था कि पंचायत उप-प्रमुख के पड़ोस में होने से यह काम बहुत आसानी से हो जाएगा। लेकिन थॉमस ने साफ़ मना कर दिया। उसने अपनी बात एक नेता की तरह शुरू की थी। सबसे पहले उसने ग्रेगरी के नहीं रहने पर अफसोस जताया। उसने यह बात डेंसी की ओर देखते हुए कही थी कि, उसे इस बात का भी दुख है कि डेंसी उस मौत से उबर नहीं पा रही और क्रमशः कमजोर होती चली जा रही है।

इसके बाद उसने पड़ोसी सुलभ सहानुभूति होने के बावजूद भी अपने पद की मजबूरी बताई। उसके अनुसार यह पंचायत की जमीन थी और पंचायत या पंचायत उप-प्रमुख के काम अकेले एक परिवार को ध्यान में रखकर नहीं किए जाते। वह तालाब सबके हित के लिए बनवाया गया था, इसलिए उसमें मिट्टी-भरकर उसे बर्बाद करने का कोई सवाल ही पैदा नहीं होता। अन्त तक आते-आते वह इतना भी बोल गया कि वह इस प्रसंग पर आगे कोई बात कहने-सुनने में असमर्थ है।

"तुम आज पड़ोसी नहीं नेता बन गए हो...मेरी बेटी की हालत तो देखो थॉमस।" थॉमस कुछ नहीं बोला।

वे लोग लौट गए। रास्ते में फिर वही तालाब पड़ा। इस बार सबकी नजरें उस ओर थीं। लगातार होती बारिश सूरज के होने तक को भी एक पुरानी खबर बना चुकी थी। लेकिन आँसुओं की बारिश, ग्रेगरी की मौत को अभी भी ताज़ा बनाए हुए थी। उस परिवार के लिए यह दुखद आश्चर्य की बात थी कि ग्रेगरी के कपड़े अब भी तालाब के किनारे उसी तरह पड़े थे। किसी कि नज़र अब तक क्यों नहीं पड़ी इस पर। मौत केवल इनसान को महत्त्वपूर्ण बनाती है, उससे जुड़ी वस्तुओं को नहीं। उससे जुड़ी वस्तुओं से तो बस उसकी यादें आती हैं। डेंसी दौड़कर कपड़ों के पास पहुँच गई। जब तक माँ बाप रोकते उसने कपड़ों को उठाकर सीने से लगा लिया। किसी तरह उससे कपड़े छीने गए। उस दोपहर घर लौटकर तीनों जन बहुत रोए! उस दिन आँसुओं से भरे क्षण में परिवार ने तय कर लिया कि वे अपने पड़ोसी के यहाँ कभी नहीं जाएँगे। लेकिन कानून को किसी के आने न, आने से कोई फ़र्क़ पड़ता है भला!

आज पंचायत उप-प्रमुख के बेटे की मौत पर बहुत से लोग आ रहे थे और बारिश थी कि थमने का नाम नहीं ले रही थी। आनेवाले लोग दुखी दिखते थे लेकिन भीतर से दुखी थे यह कहना कठिन था। लोगों की संख्या को देखते हुए बारिश से बचने के लिए टेंट लगाया जाने लगा। भीतर से चर्च से आए लोगों द्वारा किए जा रहे बाइबिल पाठ की आवाज़ आ रही

थी। लाश को देर तक ताज़ा रखने के लिए बाहर से काँच का बक्सा भी मँगाया जा चुका था, जिसके तापमान को बिजली के माध्यम से नियंत्रित रखा जाता। थॉमस की पत्नी रह-रहकर बेहोश हो रही थी। वहाँ उपस्थित सभी लोगों के जेहन में पिछले साल की मौत ज़रूर कौंध रही होगी। और वह वाक़या भी घूम रहा होगा आँखों में जो पिछले साल घटा था। पिछले साल जिम्मी का बेटा डूबकर मरा और इस साल थॉमस का। पंचायत प्रमुख की गाड़ी भी आ गई थी। डेंसी दूर से भी पंचायत प्रमुख को पहचान सकती थी। उस दिन 'पंचायत ऑफिस' में कैसे महान लोगों की तरह गर्दनें हिलाकर बातें कर रहा था।

थॉमस के यहाँ से निराश होकर लौटने के बाद भी अप्पा ने हार नहीं मानी थी। डेंसी को नहीं पता कि अप्पा डेंसी की लड़ाई लड़ रहे थे या अपनी। उसे यह भी नहीं पता कि अप्पा को भी तालाब को देखकर कुछ हो जाता है क्या! लेकिन अप्पा और डेंसी एक ही लड़ाई लड़ रहे थे। ग्रेगरी की यादों से बचने की लड़ाई। दरअसल थॉमस के इनकार के बाद जिम्मी ने अपने काम पर लौटने से पहले पंचायत ऑफिस जाकर तालाब को नष्ट करने की अर्जी दे दी। यह उनकी विधिवत दी हुई अर्जी थी। उस पर पंचायत को विचार करना ही पड़ता। जिस दिन पंचायत के सभी सदस्यों की बैठक होती, उसी दिन के लिए इस मामले को भी रखा गया। जिम्मी छुट्टी लेकर आ गए। बैठक के कई मसलों के बाद इस मुद्दे पर बात शुरू हुई और सभी सदस्यों ने इसे ख़ारिज कर दिया। कोई भी इस बात के पक्ष में नहीं था कि तालाब को नष्ट किया जाए। सबके पास वही तर्क थे जो थॉमस ने दिए थे—तालाब से कई परिवारों के खेतों की सिंचाई होती है वगैरह...!

"उस तालाब की वजह से हमारा परिवार प्रत्येक दिन को मौत के उस काले दिन की तरह जी रहा है...मेरी बेटी की हालत देखिए उसकी ज़िन्दगी रुक गई है...पढ़ाई तो जाने दीजिए, वह सामान्य रूप से बाहर-भीतर भी नहीं आ-जा पाती है...ईश्वर न करे इसे कुछ हो जाए तो हम कहीं के नहीं रहेंगे... आप लोग हमें उन यादों से मुक्त होने में सहायता कीजिए...।"

"यादों से कभी कोई मुक्त हो पाया है? यादें ही तो इनसान को इनसान बनाती हैं..." पंचायत-प्रमुख किसी महान सन्त की मुद्रा में बोल रहा था।

"लेकिन सर बुरी यादें..."

"यादें बुरी नहीं होती...हम उन्हें अच्छे और बुरे के खाते में रखतें जाते हैं... मैं जानता हूँ कि तुम्हारे परिवार को सदमा लगा है लेकिन यह सब तो जीवन का हिस्सा है...वैसे भी यदि यहाँ रहकर तुम लोगों को उन यादों से जूझने में दिक़्क़त हो रही है तो थोड़े दिन के लिए बाहर चले जाओ...मन को बहलाओ...।"

"मतलब...हम घर छोड़कर चले जाएँ...फिर तो कल को आप यह भी कह देंगे कि घर बेचकर चले जाओ।"

"हाँ, यदि घर से भी दिक़्क़त होने लगे तो यह भी एक विकल्प हो सकता है।"

"तो इस पंचायत में मेरे लिए कोई स्थान नहीं है?"

"पंचायत एक सार्वजनिक संस्था है, इसमें किसी भी व्यक्ति के लिए कोई जगह नहीं है..."

"बिना व्यक्ति के समाज कैसे..."

"सुनो...ज़्यादा सवाल-जवाब मत करो...तुम्हारी बेटी, तुम्हारे बेटे को बचाने में नाकाम रही और अपनी नाकामी को यादों से पैदा होनेवाले दुख का नाम दे रही है...उसकी बेवक़ूफी और नाकामी को पंचायत क्यों भुगते, गाँव के वे लोग भी क्यों भुगतें जो उस तालाब पर निर्भर हैं?"

बोलते-बोलते वह सन्त अशान्त हो गया था।

लेकिन इस क्रम में उसने वह बात कह दी जो डेंसी को लगातार खाए जा रही थी। वह नाकाम ही तो रह गई अपने भाई को बचाने में। सच भी तो यही है। ग्रेगरी की मौत का नंगा सच—डेंसी की नाकामी! पंचायत-सदस्यों की बैठक खत्म हो गई थी। तालाब को वहीं बना रहना था और डेंसी के दुख को भी। पंचायत-प्रमुख ने जैसे उसके घाव को सबके सामने अपने हाथों से फिर से नोच डाला था। उसे बेचैनी महसूस होने लगी थी। उसे नहीं पता कि वह घर कैसे आई।

उठता हुआ जनाज़ा घर और संसार से किसी इनसान की अन्तिम विदाई होती है। उसके बाद उसे लौटकर नहीं आना है। परिवार के सदस्यों के लिए भी वही अन्तिम क्षण होते हैं जब वे अन्तिम रूप से सोच सकते हैं कि वह इनसान उसके परिवार का सदस्य था। उसके बाद घर की सीमा में उस इनसान का कोई अख़्तियार नहीं रहता। वे याद बन जाते हैं। समय के साथ यादों का जो होना होता है, वह भी हो ही जाता है।

थॉमस के बेटे को कब्रिस्तान ले जाने का समय आ गया था। कई कंठों का रुदन वातावरण को भिगो रहा था। इस तरह के भीगने से जो जलन पैदा हो रही थी, उस पर बाहर बरसती बूँदें भी बेअसर थीं। माँ अपने बेटे की लाश से चिपक गई थी। वह किसी को लाश उठाने ही नहीं दे रही थी। अस्त-व्यस्त अवस्था में पड़ी उस औरत को लोगों ने किसी तरह लाश के पास से खींचकर हटाया और लाश शव-वाहन पर रख दी गई।

"थॉमस आज से तुम निपूते हो गए..." लाश की माँ ज़ोर से चिल्लाई!

अगले दिन जब सूरज निकला तो सबने देखा, तालाब को लकड़ी, कूड़े और मिट्टी से भरा जा रहा है! डेंसी की भी नज़र पड़ी। ठीक वही क्षण था जब उसे एहसास हुआ कि उसने तालाब की भी हत्या कर दी। उसने अपने माथे, छाती और दोनों कन्धों को मिलाकर क्रॉस बनाया फिर उसे चूम लिया। यह उसका 'कन्फेशन' था या कुछ और पता नहीं!

रोटी के चार हर्फ़

एक आँख कोई रोचक दृश्य देखे तो दूसरी को भी खींच लेती है। बाहर दिन बहुत तेज़ी से चढ़ रहा था हरे पेड़ों और सुन्दर घरों पर। बस में उसकी कोशिश रहती है खिड़की वाली सीट लेने की, ताकि वह एक आँख से बाहर और दूसरी आँख से भीतर देख सके। यहाँ के घर कितने प्यारे होते हैं! इन्हीं घरों को देखते हुए वह रोज़ इसी रास्ते पर चलता है लेकिन घर का आकर्षण हर रोज़ यूँ ही बना रहता है। हर बार बाहर देखनेवाली आँख ही जीतती है। पर आज भीतर देखनेवाली आँख ने कुछ गज़ब देखा! बस में दाईं ओर की सीट के नीचे पड़ी रोटी के कुछ टुकड़े! बाहर उन प्यारे घरों को देखनेवाली आँख भी भीतर आ गई। यह तो गन्दगी है! केरल की बस में ऐसा नहीं दिखता न कभी? उसने अपने आप से पूछा। यह रोटी किसी बाहरी की ही होगी! ऐसा मानने की वजह थी उसके पास। रोटी केरल में मिलनेवाली रोटियों जैसी नहीं थी। यहाँ तो फैक्ट्रियों में तैयार अधपकी चपातियाँ मिलती है, जिसे तवे पर गरम करके खाया जाता है लेकिन वह रोटी तो नहीं होती। उसने मन में कई बार दोहरा लिया—यह रोटी बाहर से आई होगी, केरल के बाहर से।

क्या ख़ूब विडम्बना है। उधर रोटियाँ तो बनती हैं लेकिन काम नहीं मिलता। काम की तलाश में बाहर निकलना ही पड़ता है। ऐसे निकलनेवालों के साथ घर से बनी हुई रोटियाँ ही आती हैं, भले ही गन्तव्य तक पहुँचते-पहुँचते वे कड़ी होकर ऐंठ क्यों न जाएँ। यहाँ तक सोचते-सोचते वह उदास होने लगा। वह जब भी उदास होता है, पहले उसे नानी का गाँव याद आता है, फिर नानी! सोचने से यही होता है यादों पर चढ़कर उदासी क़रीब आ जाती है।

वह जानता है कि काम पर जाते हुए यूँ उदास होना ठीक नहीं, सारा दिन उन यादों में कटेगा लेकिन...। उसने अपनी दोनों आँखें बाहर करनी चाही लेकिन वे रोटी ही देखती रहीं। उसने अपनी आँखें मूँद ली। आँखें बन्द कर लेने से भी दिखना कहाँ बन्द होता है! उसे अपनी आँखों के इस खेल पर आश्चर्य नहीं हुआ। वह रोटी के साथ बहुत कुछ देख रहा था।

फूस की छप्पर वाला भीत का घर था नानी का, जिसे अब तक गलकर मिट्‌टी में मिल जाना चाहिए। लेकिन ऐसा तब हुआ होगा जब वह किसी बड़े अहाते में मिला न लिया गया हो। नानी उसी के सामने मिट्‌टी के चूल्हे पर मोटी-मोटी रोटियाँ सेंक लेती थी, कभी-कभी भात भी खदक जाता था। उन रोटियों की सुगन्ध उसके आगे साकार हो गई। ताज़े पिसे आटे की ताज़ा रोटिय़ाँ। इतनी मीठी कि उसकी भाप तक मीठी हो जाती। उन मोटी रोटियों के खुरदुरेपन का सुख दुनिया की किसी चीज़ में नहीं।

रोटी हो या भात, नून और मिर्च की बुकनी के सहारे ही उतरना होता था। कड़वा तेल छू लेने पर भी वह चिल्लाने लगती थी। बुढ़िया का सारा दिन आटा जोड़ने और चूल्हे की लकड़ी खोजने में निकल जाता था। उसकी उम्र की कई औरतें टेढ़ी कमर लेकर थेघ-थेघ कर चलती थी लेकिन नानी सीधी कमर वाली। आज सोचने पर लगता है कि, भले ही उसकी कमर बुढ़ापे में भी सीधी रही, पर ज़िन्दगी ने उसे कभी सीधे नहीं होने दिया। नाना थोड़ी-सी जमीन छोड़कर मरे साथ में छोड़ दी ज़रूरतें और पहाड़ सी ज़िन्दगी। बाहर-भीतर हर ओर बस ठूँठ रह गए थे। उसके पास जो थोड़ी जमीन थी, उससे दो-दो बेटियों की शादी में हाथ धोना पड़ा। एक मजबूर घर के पास कोई-न-कोई बड़ा अहाता ज़रूर होता है और उस आहाते में विस्तार की प्रबल लालसा। खरीदनेवाले ने दरियादिली इतनी ज़रूर दिखाई कि मरने तक उसे वहीं रहने दिया।

आज देखो तो वह सारा दृश्य किसी ऐतिहासिक कालखंड की बात लगती है। कच्ची सड़क जिस पर धूल उड़ा करती थी और बारिश के दिनों में कीचड़-कादों से इतनी गीली कि धान के पौधे भी लग जाएँ। मोड़ पर सड़क

काटकर पानी गाँव से बाहर करने का नायाब तरीका निकाल लिया था लोगों ने। बारिश बीत जाने पर भी वहाँ घुटने भर कीचड़ पड़ा रहता था। बाँस से लदी बैलगाड़ियाँ लेकर जब बैल उसमें उतरने से कतराते, तो उनकी पीठ पर सपासप दुआली पड़ने लगती। उनकी नाथ खींची जाती, पूँछ मरोड़ दी जाती और फिर दुआली की चोट। बैल नाक से सों-सों की आवाज़ निकालने लगते और मुँह से लार! यदि कोई बैलगाड़ी अँधेरे में उधर से गुज़रे तो बैलों की शामत आनी तय थी। उसने कई बैलों को थकान, बोझ और मार से थककर बैठ जाते देखा। लेकिन नानी के पास थककर बैठ जाने की छुट्टी नहीं थी। उसे किसी ने छुट्टी दी ही नहीं! दिन-भर कुछ-न-कुछ जोड़ने में लगी रहती थी। वह अँधेरा होने से पहले ही रोटी बना लेती थी। कोटे पर चीनी और मटिया तेल मिलता था। दोनों सस्ती दरों पर लेकिन नानी एक लीटर मिट्टी का तेल ही खरीद पाती थी। उसी में एक डिबिया जलनी थी महीने-भर, इसलिए अँधेरे से पहले सब काम हो जाना था। उन्हीं दिनों उसे लगने लगा था कि वह नानी पर बोझ है लेकिन माँ के मरने और बाप की दूसरी शादी के बाद वह अपने घर में रहने लायक नहीं बचा था। उसे याद नहीं पड़ता कि नानी ने कभी कोई किस्सा सुनाया हो। नानी की स्मृतियाँ कभी उस सुख को नहीं पा सकीं जो भावों के मन में घूमने पर शब्दों में घुलकर बाहर निकलते हैं..., वे शब्द जिनसे खेला जा सके! भाव तो तब ही असल अर्थ लेते हैं जब वे कहे जाएँ। नानी सुनाती भी तो कैसे, उसके शब्द भी हाथों की तरह रूखे हो चले थे।

झीनी बारिश से भरी शाम में जब सारे पक्षी बूँदों से बचते-बचते भी भीग रहे थे और घुटनों तक पानी से भरे खेत में मेंढक 'कर्र-कोंय, कर्र-कोंय' कर रहे थे, तब वह नानी के गाँव पहुँचा था। वह अकेले नहीं आया था माँ-बाप भी साथ थे। पिताजी अगली सुबह ही चले गए। माँ बीमार थी। कुछ ही दिनों में उसकी हालत ऐसी हो गई कि उसका चलना-फिरना भी कठिन हो

गया। लेटे-लेटे ही खून की कै कर देती। उन उल्टियों को अपने हाथों से साफ़ करनेवाली बूढ़ी आँखों में बस आँसू ही रहते। वह उदास-हताश होकर देखता रहता। फिर एक सुबह ऐसी भी आई जब बीमारी माँ को साथ लेकर चली गई। वह सुबह जल्दी हो गई थी। आसमान का रंग निखर रहा था जैसे उसके साँवलेपन में माँ की खूनी उल्टियाँ मिल रही हो। आज भी सूरज उगने से पहले की सुबह उसे ऐसी ही लगती है। नानी जारो-कतार रो रही थी। रो वह भी रहा था लेकिन उसके रोने की ओर किसी का ध्यान नहीं गया। पिताजी माँ को जलाने भी नहीं आए। माँ एक जीवित इनसान से जलती चिता में बदल गई और वह चिता बाद में मिट्टी की एक ढेर में, पर उससे ब्याह रचानेवाले व्यक्ति ने मुड़कर भी नहीं देखा!

नानी का दिन में बाहर जाकर लकड़ियाँ चुनना उन्हीं दिनों शुरू हुआ। वह भी झोपड़ी के अँधेरे से डरने लगा था। नानी के निकलते ही वह भी बाहर चला जाता! काम तो कोई था नहीं सो हमेशा उस बड़े आँगन, उसकी दालान पर रहता—लोगों के गप्प पीता हुआ। उसे गाँव ने कितनी सहजता से अपना लिया था! एक-दो बार किसी ने परिचय पूछा होगा, उसके बाद दालान या आँगन का एक खास कोना उसका हो गया। कभी-कभी वह उस आँगन के लड़कों को पढ़ते भी देखता लेकिन पढ़ने जैसी किसी भी चीज़ ने उसे कभी आकर्षित नहीं किया। वह बड़ों की बातों का रसिक बनता जा रहा था।

तभी एक दिन उसकी दुनिया में कुछ अजीब घटा! इन्दु मामा ने व्यंग्य करते हुए कहा, "बाप के ब्याह में बाराती नहीं जाओगे?"

वह भागकर नानी के पास चला गया, बुढ़िया रोती हुई इन्दु मामा के पास।

"इस अबोध को वह बात बताने की ज़रूरत नहीं थी इन्दु।" लेकिन इससे बड़े आहाते वाले मामा पर कोई प्रभाव नहीं पड़ा। वे उसी तरह हँसते रहे।

"इसे कब तक यहीं रखोगी काकी? इसका घर तो आख़िर वही है ...अब तो नई माँ भी आनेवाली है।"

आस-पास के दो-चार और लोग इन्दु की बात ही बोल रहे थे।

कहते हैं, असल से ज़्यादा सूद, प्यारा होता है। उस दिन नानी कहीं नहीं गई। उसे न लकड़ी चुनने की चिन्ता थी न भात खदकाने की। सारा रोष निकला मरी हुई बेटी पर!

"गे बीमरयाही...क्या सोचकर चली गई...आकर देखो क्या हो रहा है...।"

यह सब उसकी कल्पना थी या सच, पता नहीं लेकिन उसे लगा कि वह मकुन बाबू के कुएँ में धँसता जा रहा है और नानी के हाथ लम्बे हो रहे हैं। हथेली के खुरदरेपन में उसकी उँगलियाँ समा गई हैं। एक बार को उसे झिझक हुई लेकिन नानी का हाथ अपने ही विस्तार में बढ़ता जा रहा था। वह हथेली पर बैठकर बाहर आ गया। कैसी विचित्र बातें सोच ली थी उसने! बचपन ऐसा होता है क्या! नानी की हथेली तो बड़ी है पर नानी निरीह। थोड़े दिन दोनों में से किसी ने उस बड़े आँगन में प्रवेश नहीं किया लेकिन मन के पास अपनी स्थिति को स्वीकारने के अलावा क्या बचता है! अब उसकी पहचान में उसके पिता की नई पत्नी भी जुड़ गई। लोग उसकी ओर देखकर कभी हौले से तो कभी सुनाकर भी उस शख़्स की चर्चा कर देते। वह इनसान इनकी ज़िन्दगी से मीलों दूर थी लेकिन नानी और उसके लिए घृणा के बीजों की पोटली-सी, जिसके बीज समय के साथ बिखरे और जंगल भी बन गए। वह उस जंगल को पार नहीं करना चाहता था।

अब नानी अक्सर खाँसती रहती। जब उसे खाँसी का दौरा चढ़ता, तो वह पास के घर के चापाकल की तरह हो जाती। उसी तरह की सों-सों की आवाज़! रात में उसने कई बार महसूस किया कि पड़ोस के घर का चापाकल और नानी की खाँसी की आवाज़ बराबर है। उन क्षणों में वह बाहर निकलकर कहीं दूर चला जाना चाहता था, जहाँ दो में से कोई भी आवाज़ न हो लेकिन वह निकल नहीं पाता था। नानी उसका एकमात्र आश्रय थी।

जिन दिनों गाँव नए रूप लेने लगा था, उन्हीं दिनों कई बार उसने महसूस किया कि उसकी ज़िन्दगी वहीं बीतनेवाली है। इस द्वार से उस द्वार बैठते-उठते दिन-भर का गप-सरक्का उसका काम होना है और नानी भी उसी तरह रहनी है, उसके लिए रोटी बनाते हुए! लेकिन, उसकी नानी मरना

नहीं भूली थी। वह तब तक नहीं रोया, जब तक कि बुढ़िया की लाश को बाहर न कर दिया गया। तुलसी चौरे के पास दक्षिण दिशा में पड़ा उसका सिर! कितनी ही बार नानी ने कहा होगा कि दक्षिण की ओर सिरहाना मत करो, उधर पितर होते हैं, पितर जो इस दुनिया से जा चुके हैं। नानी का मुर्दा शरीर, जिसकी आँखें खुली, कान खुले लेकिन मन बन्द हो चुका था। वह चिल्ला-चिल्लाकर रोने लगा...नानी की मुर्दा हथेलियाँ उसे बुलाने लगी लेकिन लोगों ने उसे रोके रखा!

थोड़े दिनों तक आस-पास के परिवारों ने उसे खिलाया लेकिन नानी के जाने के बाद उसे वह जगह छोड़नी ही थी। आस-पास ट्रेक्टर से ईंटें गिरने लगी, अहाते का दायरा बड़ा होना था। वह उसी अहाते पर पड़ा रहता और आस-पास के लोग बेस्वाद रोटी रख जाते। फिर एक दिन ऐसा भी आया, जब आस-पड़ोस से किसी ने खाने के लिए नहीं पूछा। उसी शाम वह नानी के 'सारा' पर गया जहाँ राख के टीले पर चिकनी मिट्टी लीप दी गई थी। उसने उस टीले को गौर से देखा, वह उस बुढ़िया के घुटे हुए सिर की तरह ही दिख रहा था लेकिन उसके ऊपर की साड़ी फटी नहीं थी, जैसी मरनेवाले दिन भी उसने पहन रखी थी। उसे तसल्ली हुई कि अब वह फटी हुई साड़ी पहनने से बच जाएगी। एक बार उसका मन हुआ वह सोचे कि बुढ़िया ऊपर भी तो लकड़ी नहीं बीन रही होगी लेकिन इस सोच को बाहर करने के लिए उसके पास लोगों की कही गई बातों में से एक बात थी—'वह अपने पुरुखों के पास जा चुकी है, जहाँ इस धरती की तुलना में बहुत ज़्यादा सुख है।' उस काल्पनिक सुख की कल्पना करते हुए टीले को छूकर, हाथ छाती से लगाकर वह उस गाँव से निकल गया।

अपने गाँव में घुसते ही इनसान से लेकर पास की घास तक उसे जानने को उत्सुक हो गईं। सबकी आँखों में सवाल थे और यूँ लगता था कि सब उसके जहन की खिड़की खोलकर धड़धड़ाते हुए घुस जाएँगे और भीतर से आड़े-तिरछे रास्ते बनाकर ही निकलेंगे! प्रश्न पूछनेवाले पहले ही शख़्स को उसने उत्तर दे दिया—"मैं बीसो मंडल का बेटा"। गाँव के मचान पर

अड्डेबाजी कर रहे पुरुषों ने यह बात सुनी, फिर धूल में खेल रहे बच्चों तक भी शोर गया। अगले ही पल उसके साथ जानेवाली एक सेना तैयार थी। यदि वह अपना घर भूल जाता, तब भी सेना उसे पहुँचाकर ही दम लेती। बरसों बाद उसने अपने बाप को देखा लेकिन पिता ने कुछ बोलना भी ज़रूरी नहीं समझा। उसे लगा वह व्यर्थ ही आया है, सम्बन्धों के सिरे तलाशने! जबकि सब बीत चुका है और यदि कुछ है तो वह जला हुआ सिरा, जिसे पकड़ते ही राख हो जाना है। माँ के बाद नानी भी चली गई, लेकिन उसके बाप ने उसकी खबर लेनी नहीं चाही। वहाँ आने का क्या अर्थ!

अपने परिवार की तरह ही गाँव ने भी उसे स्वीकार नहीं किया। उसे अब लगने लगा था कि वह घर में घुस आया चूहा है, जिससे सभी छुटकारा चाहते हैं। वह अक्सर खेतों की ओर चला जाता और वहीं किसी मेंड़ पर बैठा रहता। दोपहर को घर जाता तो नई माँ रोटी के टुकड़े उसकी ओर फेंक देती। वह अपने को उन बकरियों से भी निरर्थक पाता, जो खेत की मेंड़ से आस-पास लगी फसल चरने की कोशिश में खेत वाले से मार खाती है। इनसान खेत में लगे गेहूँ का क्या ही कर लेगा! एक शाम लौटा तो बाप उस पर बरस पड़ा।

"तुम यहाँ क्यों आए...उधर ही कहीं मर-खप क्यों नहीं गए...?"

"अब देखो, कैसा भोला चेहरा बनाए हुए है...मारी माछ नै उपछी पैन... जैसे कुछ हुआ ही न हो।" ये उस औरत के शब्द थे जो उसके आने के बाद से लगातार नाक-भौं चमकाती रहती थी लेकिन आज पहली बार सीधे हमले पर उतरी थी! घृणा के जिस जंगल के इस पार वह खड़ा था, उससे लकड़बग्घा निकल चुका था।

"तुम अपनी माँ समान औरत को नंगा नहाते हुए देखते हो...भागो मेरे घर से!" अपने बाप के यही शब्द उसके लिए अन्तिम थे। गाँव सोता रहा और वह निकल आया, जैसे कभी उस गाँव में गया ही न हो!

आज यह सोचना रोमांचित करता है उसे कि उसने अपने गाँव से केरल तक की यात्रा बिना टिकट तय की थी! वह केरल नहीं आता तो कहीं और जाता शायद जो पहली ट्रेन आती, उससे जहाँ मन होता निकल जाता। काम

वह भीख माँगने का करता क्योंकि उसे बस वही आता था। लेकिन रेलवे स्टेशन पर मिले उस शख़्स ने उसे न सिर्फ रोटी दी, बल्कि केरल साथ चलने का न्योता भी दिया। तीन दिनों के सफर के बाद वह पहुँचा था यहाँ, तब तक साथ वाले की रोटियाँ सूखकर चिम्मड़ हो चुकी थी। उस यात्रा में कई बार उसका मन नानी की रोटी और उन क्रमशः सूखती रोटियों की तुलना करने बैठा और उतनी ही बार वह भीतर-भीतर रोया था। नानी तो गई ही रोटी का स्वाद भी ले गई। स्टेशन पर मिले आदमी ने वादे के मुताबिक काम दिला दिया और जैसा उसने कहा था, ठीक वैसे ही उधर के मुक़ाबले यहाँ दिन-भर की मजदूरी सीधे दोगुनी मिलती थी। यह जगह उसे यूँ भी अलग लगती है लेकिन उसकी साफ़ सड़कों ने, गाढ़ी हरियाली ने और इन सबसे ऊपर काम करने से मिलनेवाले पैसे ने नशे-सा असर किया था। उसका कोई नहीं बस अपनी मेहनत थी।

वह जिस बस में चल रहा था वह मानों उसकी यादों के ईंधन पर ही चल रही हो। बाहर की दुनिया में लोग थे, दुकानें थी लेकिन एक अपरिचय था परन्तु यादों के आँगन में सब उसका जाना-पहचाना हुआ। यहाँ आने के शुरुआती दिन उसके लिए बहुत संघर्ष के थे, सबसे बड़ा संघर्ष था अपनी तरह के खाने का संघर्ष। मजदूरी के काम में रोज़ ब रोज़ पैसा तो हाथ में आ जाता था लेकिन रोटी नहीं आती थी। दुकानों में जो कुछ मिलता था, वह उसे खाना कभी नहीं समझ पाया। दुकान वाले बड़े उत्साह के साथ उसकी थाली में 'चपाती' परोसते लेकिन फैक्ट्री में बनी वे चपातियाँ बेस्वाद लगतीं। सारे व्यंजन एक समान लगते थे। ठीक उसी तरह सारे लोग भी एक जैसे। उनमें अन्तर करने में उसे खासा वक्त लगा। लेकिन उससे ज़्यादा समय उसे अपने लिए रोटी का इन्तजाम करने में लगा। जगहों से थोड़ी जान-पहचान के बाद उसे एक चक्की के बारे में पता चला जहाँ गेहूँ का आटा भी मिलता था। वहाँ से आटा लेकर उसने केरल में रोटी बनाई। रोटी पर नून–तेल लगाकर पिपही बनाने से पहले उसने उसे सूँघा था। आटे, पानी जैसी मामूली चीज़ों से बनी होने के बावजूद उसकी महक में मन को कई सैकड़ों किलोमीटर दूर

ले जाने की शक्ति थी। वह आँखें बन्द किए-किए उस दुनियाँ में पहुँच गया था जो उससे छूट चुकी थी।

काम और काम तक आने-जाने के वक़्त को हटा दिया जाए तो केरल में वह एक तन्हा इनसान था, जिसके लिए वहाँ की गलियाँ जीवन में शामिल होने का माध्यम थी। उसने कई बार इस बात पर सोचा कि उस दिन केवल उसकी नानी ही नहीं मरी बल्कि उसके साथ-साथ दुनिया से उसकी पहचान बतानेवाला तत्व भी विलीन हो गया। यहाँ उसकी पहचान एक मजदूर की थी। हालाँकि नानीगाँव की पहचान भी कोई खास नहीं थी। वहाँ वह नानी के पास रहनेवाला बिना माँ-बाप का बच्चा था, जो धीरे-धीरे ही सही बड़ा हो रहा था। लेकिन उस मुफ़लिसी में भी उसकी एक पहचान थी। वह अपनी उम्र के लड़कों के साथ खेल सकता था, जो दोस्ती और लड़ाई में भेदभाव नहीं रखते। आस-पास वाले कभी उसका सूखा मुँह देखते तो कुछ खाने को दे देते थे। वह एक बदतर ज़िन्दगी तो थी लेकिन आस-पास के लोगों की गर्माहट थी। यहाँ वह बहुत से 'बाई मार' में से एक 'बाई' था। बाई, भाई का बिगड़ा रूप और मार उसका बहुवचन।

शुरू-शुरू की बात है, एक शाम वह किसी सब्जी की दुकान पर खड़ा था। उसने एक सब्जी की ओर इशारा करते हुए कहा, "भाई...वह पच्चाकरी..."

उसका वाक्य पूरा भी नहीं हुआ था कि सामने से एक प्रश्न आ गया—"बाई?"

बोलते हुए सब्जी वाले की आँखों में समूचे शरीर का रोष उतर आया था। आज समझ में आता है वह रोष! स्थानीय लोगों को पता है कि ये और दूसरे प्रवासी लोग मजदूर हैं और उनसे कैसा व्यवहार करना चाहिए।

वे लोग पेरुंबावूर, के बाहरी इलाकों में प्रवासियों की बस्तियाँ बसने से परेशान होने लगे थे। हों भी क्यों न प्रवासी बहुत तेज़ी से उनकी भाषा सीख रहे थे, वे अख़बारों में अपने ख़िलाफ़ लिखी खबरें तो समझने ही लगे थे,

साथ ही साथ रोज़ होनेवाले छोटे-मोटे अपमान भी देख रहे थे। वे यह भी जान गए थे कि यहाँ के लोग हिकारत से इन्हें 'बेंगाली' कहते हैं। वह शब्द एक अपमानजनक पहचान थी। वह जानता था कि सारे मजदूर एक ही राज्य बंगाल से नहीं आए हैं, कुछ असम से तो कुछ बिहार-यूपी से, कुछ मध्य भारत के लोग भी हैं। और तो और नेपाली और बंगलादेशी भी उनमें शामिल हैं। अलग-अलग तरह के पहनावे, खान-पान और जीने के तौर-तरीके का सुविधाजनक नाम है—'बेंगाली' जिसका इस्तेमाल 'तेंडी' यानी भीख माँगनेवाले की तरह किया जाता है। भारत की एक बड़ी जनसंख्या देश के एक हिस्से से दूसरे हिस्से में आजीविका की तलाश में जाती ही है और लोगों से उनका टकराव किसी न किसी मुद्दे पर ज़रूर होता है लेकिन यहाँ की बात अलग थी। यहाँ टकराव के बदले घृणा थी—अपने को श्रेष्ठ और बाहर से आनेवालों को हीन मानने की घृणा। अपने को श्रेष्ठ मानने का चलन ही तो पैसे दिलाता है यहाँ। कितना भी बड़ा खेत हो, ये लोग अपने शरीर में मिट्टी लगाना पसन्द नहीं करते! ऊपर से इन लोगों की घृणा कभी भी पैसे की ज़रूरत से बड़ी नहीं होती कि बाहरी लोग रोजगार छोड़कर अपने घर वापस लौट जाएँ। उस गरीबी से यह घृणा बड़ी नहीं है। कम से कम यह तो नहीं हो रहा है न कि रास्ते में पकड़ के किसी को मार दिया जाता हो, पैसे छीन लिए जाते हों। उसकी नानी एक बात हमेशा कहा करती थी कि 'बोली-ठोली से शरीर में छेद नहीं होता...लोगों को बोलने दो जो भी बोलते हैं'। आज वह समझ सकता है कि नानी अक्सर यह क्यों कहती थी। उसने वहीं से मौखिक अपमान को अनदेखा करना सीख लिया था, ऊपर से यहाँ तो पैसे भी मिलते हैं।

अब वह अपनी ज़िन्दगी के बारे में सोच रहा था। परिवार जैसी कोई चीज़ अब थी नहीं। लम्बे समय से वहाँ भी नहीं गया, जहाँ उसने रिश्तों की अन्तिम कड़ी को टूटते देखा था। तो फिर उसकी पहचान क्या बनी अब? कहाँ का हुआ वह? उस गाँव का जहाँ उसका केवल बाप रहता है? जबकि उस बाप ने कभी उसके बारे में जानने तक की कोशिश नहीं की। क्या वह

केरल का है? हाँ, आज जो उसका शरीर खड़ा है, उसके भीतर की मशीन केरल के खाने से ही तो चलती है। उसने स्थानीय भाषा सीख ली है, कभी-कभी यहाँ वाली धोती पहनकर मन्दिर में भी चला जाता है। पर इतने से कोई मलयाली कहाँ हो जाता है! उसकी पहचान तो बेंगाली की ही है, भले ही वह बंगाल कभी गया भी न हो। याद है मन्दिर की वह शाम जब वहाँ मौजूद सभी पुरुषों की तरह वह भी कमीज़ खोले हुए खड़ा था, तिल के तेल से जल रहे दिए की रोशनी में स्निग्ध लालिमा थी। पुजारी शंख फूँकने के बाद कई सारे दीपों वाली थाली लेकर बाहर निकलता है और किसी के हाथ में देकर वापस लौट जाता है, सबके पास वह थाली ले जाना अब नए आदमी की ज़िम्मेदारी! उस शाम, उसने हाथ बढ़ाकर वह थाली लेनी चाही...पुजारी उसे घूरते हुए आगे बढ़ गया! उसने नज़रें झुका ली! शर्म और अपमान का ताप बरसने लगा था!

बस चलती जा रही थी, वह यादों में डूबता-उतरता जा रहा है, जैसे आज का सूरज याद के नाम ही निकला हो। यह सब बस की सीट के नीचे पड़े रोटी के टुकड़ों की वज़ह से हो रहा है। बस में भीड़ इतनी तो बढ़ ही गई थी कि उसकी आँखों से रोटी को ओझल कर दे लेकिन रोटी थी कि अपने साये से उसे बाहर जाने ही नहीं दे रही। आँख बन्द कर लेने भर से दिखना क्या बन्द हो जाता है! लेकिन गनीमत यह कि बस अब उस जगह पहुँच चुकी थी, जहाँ उसे उतरना था। वह अपने काम करने की जगह की ओर बढ़ गया। उसके सामने एक बड़ा दिन था लेकिन दिमाग में रोटी अपना आकार और असर बढ़ाते ही जा रही थी। रोटी नानी के किस्से की जादुई चटाई बन गई थी, जिसकी सवारी करके बहुत-सी बातें उसके मन में घूमने लगी। वह इस तरह की स्थिति से घबराता है क्योंकि इससे काम में खलल पड़ती है। तब ठेकेदार बहुत गन्दे तरीके से डाँटता है। ऐसा होता कि उसकी डाँट का असर न होता तो बात दूसरी थी। वह डाँट सुनकर उदास हो जानेवाले इनसानों के रूप में ही बड़ा हो पाया है। कोई उसके पास इस तरह से रहा ही नहीं, जो उसे धूल झाड़कर फिर से उठना सिखा दे। वह अपने को इससे निकालना

चाहता है लेकिन रोटी के वे टुकड़े! ऐसा लगता है आज रोटी काम करने नहीं देगी। वह बैठ गया। रोटी के वे टुकड़े उसे वहाँ पहुँचाकर ही छोड़ेंगे आज।

वह सुबह की बस पकड़ना चाहता था। इतनी सुबह वाली कि आठ घंटे की यात्रा के बाद जब वह त्रिवेन्द्रम पहुँचे तो दिन का उजाला बचा रहे और वह समुद्र के आस-पास देख पाए। पीछे किसी ने बताया था कि समुद्र के किनारे सुबह और शाम को बहुत से लोग आते हैं, वहाँ किसी भी चीज़ की फेरी लगाओ, दिन के पन्द्रह सौ रुपये आने ही आने हैं। मतलब महीने के पैंतालीस हज़ार रुपये! उसका मुँह खुला ही रह गया था। लेकिन एक ही दिक़्क़त, समुद्र के किनारे रेत पर चल-चलकर सामान बेचना बहुत थका देनेवाला काम होता है। सब नहीं ठठ पाते! इस बात ने उसे रोक लिया था। लेकिन फिर एक ऐसी घटना घटी कि उसे उस कठिन काम की तलाश करने जाना ही पड़ा।

पेरुंबावुर में उसका काम छूट गया था। लगभग हफ्ते भर के पैसे भी ठेकेदार के पास ही पड़े थे। हालात ऐसे थे कि क्या मजदूर और क्या ठेकेदार, ख़ुद घर बनवा रहा मालिक भी बैंक की लाइन में लगा हुआ था। किसी को पाँच सौ और हज़ार के नोट बदलवाने थे तो किसी को दो जून की रोटी के लिए पैसे चाहिए थे, बैंक के नियम यूँ बदल रहे थे कि उससे सबका विश्वास उठता जा रहा था। जबकि बैंक पर विश्वास करके ही उसने अपनी सारी रकम वहाँ रख छोड़ी थी। उसने क्या सबने यूँ ही किया होगा। ठेकेदार ने साफ़ कह दिया कि जब तक ऐसे हालात हैं, काम बन्द रहेगा। उसे भी मालिक ने इसी लहजे में कहा हो शायद!

उसने दो-तीन दिन इन्तज़ार किया कि हालात बदलें लेकिन रोज नई अफवाहें आती थी। उसने बैंक के आस-पास कतारों को कम होते भी नहीं देखा। उसे खबर मिली थी कि बाहर कहीं झगड़े और मौतें भी हुई थीं लेकिन उन सबको अफवाह बतानेवाले लोग भी थे। बैंक के पास उसके इतने पैसे थे कि एक दो महीने काम न मिले तो भी वह बड़े आराम से जी सकता था लेकिन उसे खाना पकाने के लिए लकड़ी बीनती नानी याद आ गई। नानी

की याद आते ही उसे पूरे शरीर में गर्मी-सी महसूस होने लगी। काम का न होना उसे बेचैन कर रहा था। उसने केरल की राजधानी के समुद्र-तटों की ओर जाने का निश्चय कर लिया।

उसे सुबह जाना था और शाम ही से उसने अपनी यात्रा की तैयारी शुरू कर दी थी। सबसे पहले उसने अपने दोनों गुल्लक फोड़ दिए। उम्मीद के अनुरूप उनमें से इतने पैसे निकल आए कि दो पीठ का किराया और खाने-पीने के अलावा भी थोड़े पैसे बच जाते। उसने कहीं से उस आदमी का सम्पर्क भी निकाल लिया, जिसने समुद्र-तट पर फेरी लगाने की बात कही थी। एक बार फ़ोन करके उसे अपने आने की सूचना भी दे दी और हाँ सबसे ज़रूरी बात रास्ते में खाने के लिए रोटियाँ बनाकर रख ली। यात्रा में अपना खाना होने से पैसे बचते हैं और रोटी-भुजिया से बेहतर तो रास्ते का खाना क्या ही होगा!

उस सुबह में अँधेरे का हिस्सा बड़ी तेज़ी से कम होता जा रहा था। अब दुकानों के नाम और उस पर बने चित्र देखे जा सकते थे और आती हुई बस के रंग को भी आराम से पहचाना जा सकता था। बस में घुसते ही उसे खिड़की की सीट मिल गई जहाँ से एक आँख बाहर तो दूसरी आँख से भीतर देखा जा सकता। भीतर लोग सो रहे थे। ऊपर के पहाड़ी कस्बे से आनेवाली बस की खिड़कियाँ बन्द थी। ऊपर थोड़ी ठंड ज़रूर रही होगी। उसने खिड़की खोली तो एक-दो यात्री अपनी-अपनी बोली में कुनमुनाने लगे फिर भी उसने खिड़की बन्द नहीं की। तभी कंडक्टर टिकट देने आ गया। उसने कहा—त्रिवेन्द्रम और कंडक्टर के हाथ में पड़ी मशीन चल पड़ी। मशीन से छपकर आया काग़ज़ कंडक्टर ने उसे पकड़ा दिया। उस पर लिखे थे दो सौ दस रुपये। वह अपने झोले से सिक्के निकालकर गिनने लगा। खाली सड़क पर बस बहुत तेज़ी से आगे बढ़ती जा रही थी। तभी लोगों ने शोर सुना होगा।

"मैं ये सिक्के नहीं लूँगा।" कंडक्टर ने अपनी भाषा में कहा।

"क्यों नहीं लोगे?" यह उसकी आवाज़ थी। उसने भी अपनी ही भाषा में कहा था।

"नघी नघी।" कंडक्टर के इतना बोलते ही वह समझ गया था कि वह 'नहीं नहीं' कहना चाहता है।

"क्या ये पाकिस्तान के सिक्के हैं? यह भारत का ही रुपया है, जिसे बन्द नहीं किया गया है।" ये वाक्य उसने कंडक्टर की भाषा में कहे थे।

"तुम उतर जाओ बस से।"

"मैं नहीं उतरूँगा।"

"फिर पैसे दो टिकट के।"

"दे तो रहा हूँ...तुम ही नहीं ले रहे हो।"

उसकी इस बात पर कंडक्टर को बहुत गुस्सा आया! वह मलयालम में बोलने लगा, जिनमें उसके लिए बहुत सारी गालियाँ थी। गुस्से में उसने यह भी कहा था कि बाहर से आकर उसके जैसे लोग इसी तरह का काम करते हैं—तेंडी...इन सबको तो पैरों के नीचे कुचल देना चाहिए। वह कंडक्टर की सारी बातें समझ रहा था।

"देखो तुम बहुत बुरी बातें बोल रहे हो...मैं तुम्हें टिकट के पैसे दे रहा हूँ तुम नहीं ले रहे हो, फिर इतनी गन्दी बातें कैसे कर सकते हो? तुम अपनी जमीन पर हो इसलिए तुम कुछ भी नहीं बोल सकते...तुम सरकार के कर्मचारी हो और यह सरकारी बस है। तुम पैसे ले लो और झगड़ा खत्म करो।"

"मैं ये सिक्के नहीं लूँगा...मुझे नोट चाहिए।"

"नोट तो मेरे पास नहीं है।"

शोर सुनकर एक-दो यात्री जाग गए। उनमें से एक ने कंडक्टर को समझाना चाहा, "नोट चाहिए तो तुम बैंक में जाओ बे...उसके पास जो है उसी से काम चलाओ और हमें सोने दो।"

कंडक्टर गुस्से में बड़बड़ाता हुआ उस यात्री की ओर चला गया। उसने भी टिकट को क़मीज़ की जेब में रखकर खाने के झोले से खाना निकाल लिया। सिक्के इस तरह रखे थे कि कंडक्टर आए तो वह झट से दे सके। वह रोटी पर आलू के टुकड़े रखकर खाने लगा। यह देखकर कंडक्टर का गुस्सा बहुत बढ़ गया वह उसकी ओर लपका।

"तुम टिकट दे दो मुझे और बस से उतरो अभी के अभी।"

"बस से तो मैं नहीं उतरूँगा, तुम टिकट के पैसे ले लो और बात खत्म करो।"

कहते हुए उसने दो सौ पाँच रुपये के सिक्के कंडक्टर की ओर बढ़ा दिए। गुस्से में भरे कंडक्टर ने उसके हाथ पर ज़ोर से मार दिया। कंडक्टर का हाथ लगते ही सिक्के बिखर गए और बहुत से सिक्के खिड़की से बाहर! जो सिक्के बाहर गए थे, उनके साथ उसकी बाहर वाली आँख चली गई। उस आँख ने बाहर गिरे सिक्कों को तेज़ी से पीछे छूटते देखा। उसके पास उदास होने का भी वक्त नहीं था। बचे हुए सिक्के तेज़ आवाज़ के साथ बस में फैल गए थे। उन्हें सँभालने के चक्कर में उसकी रोटियाँ और आलू के टुकड़े भी बस की फर्श पर गिर गए। यह सब इतनी तेज़ी से हुआ कि पहले तो किसी को समझ में नहीं आया कि क्या हुआ और जब समझ में आया तो बस में सन्नाटा था। ऊँघते हुए लोगों की भी नींद जा चुकी थी। सब उसकी ओर देखने लगे। ड्राइवर ने बस रोक दी, ऐसा लगा जैसे सबकी आत्मा को धक्का लगा हो!

उसे अपने बचे-खुचे सिक्के उठाने के लिए बस में इधर-उधर जाना था लेकिन वह रोटी को ही देख रहा था एकटक। दूर गिरी रोटी और आलू के टुकड़ों पर बस की सतह पर पसरी धूल की परत दिख रही थी। लोगों ने कंडक्टर को भला-बुरा कहना शुरू कर दिया।

"लोगों को परेशान करते हो। क्या मिल जाता है?, अब उस बेचारे के पैसे भी गए और खाना भी।"

कंडक्टर चुपचाप उसके पैसे चुन रहा था। वह शायद भीड़ के गुस्से से डर गया था या हो सकता है उसे ग्लानि हुई हो। उसके भाव देखकर कुछ कहा नहीं जा सकता।

और वह अपनी रोटी की ओर बढ़ गया। धूल में लिपटी रोटी को वह एकटक देखता रहा। उठाने के लिए हाथ बढ़ाया लेकिन उठा नहीं सका। गाँव से लेकर यहाँ तक, सारी बातें उसकी आँखों के सामने आ गईं। नानी के

होते वह कभी भूखा नहीं रहा था। वह वहीं बैठकर सिसकने लगा। बस के सारे लोग सकते में थे। कोई अपनी जगह से नहीं हिला। लम्बे-चौड़े आदमी को यूँ भोकर-कर सबके सामने रोते हुए शायद उन्होंने पहले न देखा हो।

कंडक्टर भी यह दृश्य देख, जड़ रह गया था। उससे बड़ी भारी भूल हो गई। इस नौकरी में वह ज़रा चिड़चिड़ा हो गया है। लोगों को कुछ भी कह देता है। लोग भी उससे उलझ पड़ते हैं। तू-तू-मैं-मैं भी होती है लेकिन फिर सब शान्त। अब तो इस ज़िन्दगी की ऐसी आदत पड़ चुकी है कि सब आम लगता है, पर ऐसे रोते तो उसने किसी को नहीं देखा। बेचारा बड़ी मुसीबत में लगता है। अयप्पा उसे माफ़ नहीं करेंगे।

वह धीरे से उसके पास गया, "भाई, तुम मेरा खाना ले लो...अम्मा के हाथ का बनाया खाना है।"

उसने कन्धे पर रखे कंडक्टर के हाथ को देखा और उस पर अपना हाथ रख दिया।

* शीर्षक नज़ीर बाक़री के शेर से—

खड़ा हूँ आज भी रोटी के चार हर्फ़ लिए
सवाल ये है किताबों ने क्या दिया मुझ को

खरपतवार और फूल

वह फूल मुझे बहुत प्यारा है। वे रात के उस हिस्से की याद दिलाते हैं, जो सुबह के बिलकुल क़रीब पड़ती है। सुबह के पहले वाली वे रातें, जब मैं फूलडाली लेकर फूल चुनने जाया करता था। आश्विन महीने की चाँदनी वाले दिन हुआ करते थे, जब दस दिनों तक दुर्गा की पूजा होती थी। उन दिनों उस गाँव के सभी लोग पुजेगरी हो जाते। पूजेगरी माने पूजा करनेवाला। दिन निकलने के साथ ही शिव-मन्दिर तक लोगों का आना-जाना शुरू हो जाता। फूल मिले तो मिले वरना एक लोटा जल ढारकर पूजा सम्पन्न की जाती थी। फूलों की मारामारी रहती। जिनके घरों में फूल वाले पौधे लगाने की जगह थी, उनका मान बढ़ जाता, साथ में बढ़ती थी फूलों की रक्षा से जुड़ी परेशानियाँ! मुझ जैसे लड़के शाम होने से पहले एक चक्कर लगाकर अगले दिन खिलनेवाली अड़हुल और कनेर की कलियों का अन्दाज़ा लगा आते, जैसे हमारे मुहल्ले में होनेवाली चोरियों के पहले चोर बन्द घरों की टोह ले लेते थे। एक नेपाली नागरिक ने इसके लिए पूरे तीन महीने हमारे मोहल्ले में चौकीदार की नौकरी की थी। बाद में जब राज खुला तो उसने तमाम चोरियों की बात कबूली और उनकी प्रक्रिया बताई थी। फूलों के सम्बन्ध में एक दिन पहले ही पता कर लेने से अँधेरी सुबह में फूल पहचानने में दिक़्क़त नहीं होती थी। फूल वाले घर के सदस्यों के जगने से पहले पहुँच गए तब भी अड़हुल के एक पेड़ पर एक साथ पड़नेवाले सभी हाथों को सारे फूल नहीं मिल सकते थे। फूलडाली भरती थी तीरामीरा के फूलों से। पर मेरा प्यारा फूल तो कोई और ही था!

उसने मुझे उस फूल को किताब पर बिखराकर रखते हुए देखा था। उसने मुझे उस छरहरे तनेवाले पेड़ को दाईं हाथ से हिलाकर पुष्पवर्षा करते हुए भी देखा था। हालाँकि ये बातें नए दौर की थी, जब तसवीरें और वीडियो आ गए और इतनी सुविधा हो गई कि दूर बैठे किसी को भी देखा जा सके। मेरी युवावस्था शुरू होने के बाद तकनीक ने अलग ही तेज़ी के साथ प्रगति दिखाई। यह इतना सामान्य हो गया कि अब यूँ दूर से देखना भी पास से देखना ही होता है और असल से भी ज़्यादा असल।

मेरी स्मृति में वह फूल तब से महक रहा है, जब तसवीरें देखकर सन्तुष्ट होनेवाले दिन नहीं थे, बल्कि उस फूल को पहली बार देखने से पहले ही उसकी सुगन्ध मुझ तक आ चुकी थी। नारंगी डंठल से लगी चार झक-झक सफ़ेद पंखुड़ियाँ। कहाँ से आई उस छोटे से दायरे में उतनी प्यारी गन्ध, मैं देर तक यही सोचता रह गया था।

"मुझे उस फूल के बीज चाहिए।"

यह वाक्य कुछ रोज़ पहले उसकी ओर से आया तो मैं हैरान रह गया था। मैं मुग्ध हुआ था, उसकी मासूम-सी ख्वाहिश पर और उसकी रससिक्त आवाज़ पर। ऐसा लगा जैसे फूल की नाज़ुकी और ख़ूबसूरती उसकी आवाज़ में उतर आई। हाँ, शुरुआती संकोच के बाद अब उससे बातें हो जाया करती हैं, या कहा जाए तो आवाज़ के नगर में हम दोनों का पूरा संसार ही बस गया है। छोटी-छोटी बातें साझा होने लगी हैं। सुबह से रात तक हम बातों के ज़रिए साथ रहते हैं। दुनिया के भीतर एक और दुनिया होना शायद इसे ही कहते होंगे। हम दोनों को यह नई दुनिया ज़्यादा रास आ रही थी, जहाँ सब कुछ हमारे मन का-सा था। यहाँ अन्य पुरुष में जिसकी बात हो रही है वह स्त्री है लेकिन व्याकरण के पास उसके लिए भी 'पुरुष' शब्द ही है।

आसानी से बातचीत कर लेनेवाली दुनिया में मैंने उसकी जो पहली तसवीर देखी थी, उसी पर मोहित हो गया। तसवीर में वह बैठी हुई थी, उसकी काली फ्रॉक घुटने तक उठी हुई। मन में आया उन घुटनों को चूम लूँ! होंठों को, आँखों को या माथे को चूमने की ख़्वाहिश तो हर प्रेमी के मन में उठती है

पर घुटने चूमने की ये इच्छा नई-सी लगी थी मुझे। अपनी इस अजब-सी इच्छा पर मैं स्वयं ही विस्मित था। यह नयापन जिसने मेरे भीतर जगाया, उसे यह बात बताना चाहता था। उसकी तसवीर मैं बार-बार देखता और हर बार यह इच्छा बलवती हो उठती। वह घुटना हर बार बिजली के फूल की तरह चमकता और मुझे अपने पाश में ले लेता। दीवार से एक कन्धा सटाए बैठी वह, अपनी मुसकराहट लुटा रही थी। ऐसी लड़कियाँ मैंने इससे पहले ख़्वाब में देखी थीं या मॉल में। एक रोज़ मैंने तय किया, उससे बात करके रहूँगा। लेकिन मैं कुछ बोलता उससे पहले उसने मुझे खोज लिया था। सोशल मीडिया आने से एक दूसरे को खोज लेना बड़ी बात नहीं रह गई थी, कोलम्बस और वास्कोडिगामा की खोजों की तरह।

इन खोजों से पहले भी दुनिया के अलग-अलग भूखंडों की तरह हमारा भी अस्तित्व था ही, जैसे योरोपीय जांबाजों के पदार्पण से पहले भारत था, अफ्रीकी देश थे। हम एक ही मुहल्ले के लोग एक दूसरे को इसकी बेटी और उसका बेटा से ही जानते थे। हमने दसियों बार एक दूसरे को देखा होगा लेकिन मुलाक़ात जैसी कोई बात नहीं हुई! हाँ आख़िरी बार एक दूसरे के अस्तित्व का पता रखनेवाले दिन से पहले दो ऐसी घटनाएँ हुईं, जिसने हम दोनों को एक दूसरे के सामने पड़ने से भी रोक दिया था!

हमारा गुहल्ला नब्बे के दशक के आम मुहल्लों जैसा ही था, जिसमें मेहनत की कमाई से अलग-अलग टुकड़ों में बनवाए गए घर थे, जिनका कभी पलस्तर झड़ता, कभी फ़र्श धँस जाती और जिनके बाहर एक हिस्सा पेड़-पौधों के लिए सुरक्षित। लोग एक दूसरे के सुख-दुख में साझेदार होते और वे इतने भी निर्दोष न थे कि एक-दूसरे के लिए दुख और परेशानी की निर्मिति भी न कर सकें। अख़बार में छपी खबरों पर जमकर बहस होती और मुहल्ले की खबरों पर चटखारे भी लिए जाते। वहीं नई कहानियाँ बनतीं और पुरानी दफ्न। कहानियाँ यदि मतलब की होतीं तो नए सिरे से खोल दी जातीं। मोहल्ले में बहुत कुछ था, जो मोहल्लापन लिए हुए था। हम सस्ती दर मिट्टी का तेल लेने के लिए वार्ड 'कमिश्नर' के पर के बाहर अपने-अपने डब्बे

की पंक्ति बनाकर खड़े हो जाते। कोई शरारती या देर से आया दबंग अपना डब्बा आगे करने के चक्कर में किसी न किसी तरह की भगदड़ मचा देता, फिर डब्बों का क्रम पहले वाला नहीं रह पाता। सारे देर से आए दबंग अपने डब्बे आगे लगा चुके होते थे। मैंने उन लड़कों से दोस्ती करने की कोशिश की, पर उन्हें मैं दोस्ती के लिए अनुकूल नहीं लगा। एक बार तेल खत्म हो जाने की वजह से बिना तेल के घर लौटा था मैं। मेरे पिता इस बात से चकित थे कि मेरी उमर के दबंग लड़कों को तेल मिल गया था। उनकी बातों में मेरे लिए एक हीनभावना थी लेकिन मैं ज़ानता था कि मैं उन लड़कों से दोस्ती आदि कर भी लूँ तो इन्हीं को बुरा लगेगा। एक क्रिकेट खेलने तो जाने नहीं देते, चोरी-छिपे जाना पड़ता है।

मुझे याद है उस शाम जमकर बारिश हुई थी। सबसे नज़रें बचाकर मैं क्रिकेट के मैदान की ओर लगभग दौड़ते हुए बढ़ा जा रहा था। दौड़ना ज़रूरी था नहीं तो किसी की नज़र पड़ते ही खेलना खटाई में पड़ सकता था। उन दिनों माँ-बाप अपने बच्चों के खेलने से परेशान रहा करते थे। 'पढ़ोगे-लिखोगे तो बनोगे नवाब, खेलोगे कूदोगे तो बनोगे खराब' जैसे फ़िकरों के अन्तिम दिन थे, पर थे ऐसे ही खराब दिन। मुझ जैसे बच्चों ने माँ-बाप को खिलाड़ियों की तसवीरें दिखानी शुरू कर दी थी। यह बात दीगर है कि उन बातों का कोई असर नहीं होता था। खेलने को पढ़ने के ऊपर माननेवाला दौर तो आज भी नहीं आया है। मैं पिताजी के कॉलेज से लौटने से पहले घर की दृश्य सीमा से बाहर चला जाना चाहता था। बारिश के बाद की सड़क पर दौड़ना महँगा पड़ गया! कीचड़ पर पैर पड़ा और मैं फिसलकर गिर गया। दाढ़ी का निचला हिस्सा सड़क से टकराकर घायल हो गया। जैसा कि हर गिरनेवाला उठने से पहले करता है, मैंने भी यह देखने की कोशिश की कि किसी ने देखा तो नहीं! पर क्या कीजे जब गड़बड़ होनी ही हो। वही लड़की सामने थी। मेरी हालत पर तिरछी मुस्कान फेंकती हुई चली गई। ज़रूर मन ही मन ख़ूब हँसी होगी। ये वे दिन थे जब लड़कियों के सामने लड़कों की बेइज़्ज़ती होना हादसे से कम नहीं माना जाता था, तो हुआ यूँ कि उस हादसे के बाद मैं काफ़ी सतर्क

हो गया और वह लड़की जहाँ होती, वहाँ नहीं जाता। उस दिन के बाद से खेलना और लड़की के सामने पड़ना साफ़ रुक गया।

फेसबुक पर जुड़ने से पहले हम एक-दूसरे के लिए अस्तित्वहीन हो चुके थे और ऑनलाइन न तो नज़रें मिल सकती थी, न ही आँख मारी जा सकती थी। मैं उसकी मुस्कान को ताकता रहता। एक दिन मैं उसकी सारी तसवीरें देख गया। अपनी दीवार को परिवार की तसवीरों से पाट देने के बावजूद हर तसवीर में उसे खोज लेना सरल था।

उसका नया शहर मेरे घर आने-जाने के रास्ते में पड़ता है, इसलिए फूलों के बीज देना बहुत मुश्किल नहीं था। वह मुझे अपने घर बुलाना चाहती थी लेकिन सास के डर से बाहर ही मिलना तय हुआ। पहली बार उससे आमने-सामने बात होनी थी और पहली ही बार उसकी आवाज़ सुननी थी। शायद अपनी आवाज़ सुनाने के लिए ही उसने वह कैफे चुना था। वहाँ घुसते ही बाहर का शोर पीछे छूट गया। मैं जब ऊपर पहुँचा तो वह अपने बेटे के साथ खेल रही थी। चेहरे पर वही तसवीर वाली मुस्कान और कैफे की रोशनी में चेहरे की दमक और बढ़ी हुई। लगा ही नहीं कि वह एक स्त्री है, जिसे घर में कोल्हू के बैल की तरह खटना पड़ता होगा, सास के ताने सुनने पड़ते होंगे, पति के चारों ओर घूमना पड़ता होगा और एक हाइपर एक्टिव लड़के को बड़ा करना होता होगा। इन सबसे उपजी बातों के कोई निशान नहीं थे। उसके चेहरे पर वही हमारे मुहल्ले वाली चमक अब भी थी। मैं उसके घुटने को ढूँढ़ने लगा। साड़ी ने घुटने को छिपा रखा था।

"आपकी फ्लाइट कब है?"

"अपने मुहल्ले में होते तो हम ठेठी में बात करते न..."

"पता नहीं...।"

वह अपने बेटे की उँगलियों को हल्के-हल्के दबाने लगी। माहौल भारी हो रहा था।

"आपको वह दिन याद है जब मैं आपके सामने गिरा पड़ा था?"

"नहीं तो...कब?"

मेरे पास उस घटना को दुहराने के अलावा कोई विकल्प नहीं था। उसके सामने सुनाने में नाटकीयता और कल्पना आ गई, जो उस करुण दृश्य को हास्य प्रधान बनाती जा रही थी। वह हँसती ही जा रही थी। उसका बेटा अपने साथ लाए खिलौना कार को कुर्सी की बाँहों पर दौड़ाने में व्यस्त था।

"फिर तो टेक्निकली हम पहली बार मिल रहे हैं।"

"नहीं हम पहले भी मिल चुके हैं।"

यह कहानी का दूसरा हिस्सा था, जिसमें किरदार तो मैं था लेकिन मुझे अपने होने के बारे में पता ही नहीं था। मुझे अपनी कल्पना-क्षमता की परीक्षा नहीं लेनी थी। मैं जानता था कि जिस स्थान पर हम बैठे थे, वहाँ हमारी बात आगे बढ़ाने के लिए यह एक शानदार वाकया था और वह चुप नहीं रह सकती थी। इसके बावजूद मैंने पूछ लिया—

"कब?"

"मेरी शादी वाला साल था और मेरी मधुश्रावणी! दूसरी शादीशुदा लड़कियों की तरह ही अपने लड़कपन को जीने का अन्तिम अवसर था वह। मैं अपनी बहन के साथ अँधेरे में ही निकल जाती फूल चुनने। हाँ मुहल्ले से बाहर नहीं जाती थी। आपके यहाँ कई फूल वाले पौधे थे...।"

"मधुश्रावणी पूजनेवाली लड़कियाँ फूल तो फूल पत्ते और कलियाँ तक नहीं छोड़ती हैं।"

"हाँ तभी अंकल और आप दोनों जगे हुए थे। हम दोनों बहनों को आप लोगों के जागे होने का पता नहीं था। उसने सहारा दिया और मैं दीवार कूदकर आपके आँगन में...आवाज़ से आप दोनों ही बाहर निकले, मैं घबरा गई और वापस कूद गई। इस बार चोट लग गई। मेरी बहन ने जब तक उठाया, तब तक आप लोग भी गेट खोलकर आ गए थे...मेरी बहन मुझे घसीटती हुई भागी।"

"अच्छा तो वह आप थी...बताइए...यह बात लम्बे समय तक हमारे परिवार के लिए रहस्य रही कि वे दो औरतें कौन थी।"

आज इतने सालों बाद यह बता दिया जाए तो कोई फ़र्क़ नहीं पड़ेगा, बल्कि इस घटना की याद भी सबके मन में एक जैसी बची हो ज़रूरी नहीं।

"मुझे लगा आप लोगों ने पहचान लिया होगा, इसलिए अंकल और आपके सामने कभी नहीं आई...वैसे शादी के बाद शहर बदल जाने से इसकी नौबत भी नहीं आई।"

"हम दोनों बेकार ही एक दूसरे से बच रहे थे।"

यह बात मैंने कही ज़रूर लेकिन उनके बीच की असहजता कम नहीं हुई। हम एक-दूसरे के सामने पड़ भी जाते तो क्या होता। वह तो पक्का बात नहीं करती और यदि मैंने अपनी ओर से बात की होती तो जो पिता खेलने पर आसमान सर पर उठा लेते थे, वे तो क्या ही कर डालते।

उस दोपहर को पंख लग गए थे लेकिन मोहल्ले को लेकर हमारी स्मृतियाँ थी कि खत्म ही न हों। मैंने उसे बताया कि मोहल्ले के कई लड़के उसके दीवाने थे। उसने बताया कि दूसरे मोहल्ले के लड़के भी उसके घर का चक्कर काटा करते थे।

उसने कहा, "सुन्दर लड़कियों को यह झेलना पड़ता है।"

मैं कहना चाहता था कि लड़कियों को यह झेलना पड़ता है पर कहा नहीं। मैं उस वक़्त अपने को उन्हीं लड़कों की तरह पा रहा था। कोई पुरुष होता तो शायद ही मैं वहाँ होता।

मेरी उसके बेटे में कोई दिलचस्पी नहीं थी, फिर भी उसकी उपस्थिति से अनभिज्ञ नहीं था मैं। वह बच्चा उन्हीं गबद्दू बच्चों की तरह था, जिन्हें माएँ टेबल से चोट लगने पर टेबल को थप्पड़ मारकर बहला लेती हैं। लेकिन उसकी हरकतें दूसरी टेबल के लोगों का भी ध्यान खींचने लगी थीं। वह थोड़ी-सी जगह में ही दौड़ लगा रहा था। माँ पकड़ने की कोशिश करती लेकिन उसे मेरे साथ भी रहना था। उसे यूँ खिंचता देखना मुझे उदास कर रहा था। इससे बचने का एकमात्र तरीका था विदा लेना। मैंने अपनी जेब से काग़ज़ की पुड़िया निकालकर उसके सामने रख दिया। बड़ी तेज़ी से

उसने काग़ज़ की तहों को खोलकर बीजों को सामने रख लिया। छोटी-छोटी चकतियों से धूसर बीज उसकी मुस्कान में ख़ूब खिल रहे थे। बीजों में उसे फूल दिख रहे थे शायद।

हम दोनों को अपनी-अपनी जगहों पर पहुँचने में बेशक कम या ज़्यादा वक़्त लगा हो लेकिन हम दोनों के लिए नए काम थे, एक दूसरे को देखना। ऑनलाइन देखने में कोई रोक रुकावट भी नहीं थी। मेरी दीवार पर उसके लाल-नीले रंगों की छींट अचानक बढ़ गई। ऐसा ही उधर भी हुआ। मेरा वश चलता तो उसका घर ही अपने रंग में रंग देता!

"इन बीजों से पौधे आने में कितना वक़्त लगेगा?"

यह प्रश्न उसी का हो सकता था, जिसने कभी बीजों को न उगाया हो।

"कुछ घंटे भिगोकर जमीन में गाड़ देना पौधे जल्दी आएँगे"।

उधर वे बीज गमले में जमाए जा चुके थे इधर हमारी बातें बढ़ती जा रही थी। उसने एक दिन बताया कि हमारी बातचीत में उसे ध्यान ही नहीं रहा कब दूध उबलकर जमीन पर बिखर गया, जबकि वह पास ही खड़ी थी। सबने उसकी ओर प्रश्न भरी दृष्टि से देखा था। मैं भी अब रातों को देर से सोता था। हम दोनों एक दूसरे की टाइमिंग समझने लगे थे। एक दूसरे के लिए वक़्त निकालने लग गए थे। हम हँसने-हँसाने से थक जाते तो सो जाते। एक दुनिया ही नई खोल रखी थी हमने। वह संसार सुहाना था, अनूठा और अनोखेपन से भरपूर बातें थी उसमें।

उन आकर्षक और खुशहाल दिनों की एक सुबह उसने खबर दी कि गमले में पौधे निकलने लगे हैं। उसकी खुशी का ठिकाना नहीं था। वह खुशी उसके शब्दों के माध्यम से मुझ तक पहुँच रही थी। खुशियाँ बारिश की तरह दोनों ही ओर बरस रही थी। पौधे आने की खुशी किसी किसान को भी इतनी नहीं हुई होगी! खुशी इतनी ज़्यादा थी कि एक बार को झूठी लगी। लेकिन इतने दिनों में मैं उसके झूठ और सच को थोड़ा बहुत तो समझने ही लगा था।

'क्या इनमें वही फूल आएँगे जो तुमने किताब पर बिखेर रखे हैं?"

उसके सवाल मुझे अच्छे लगते थे लेकिन उनकी तहें बड़ी उदास करती थी। जब बीज उसी पेड़ का है तो फूल किसके आएँगे!

"तुम्हें क्या लगता है इसमें आम के मंजरी के जैसे फूल आएँगे?"

"उड़ा लो मज़ाक़ मेरा...आम के मंजर कैसे होते हैं मालूम है मुझे।"

"मैं तो इन्तज़ार में हूँ जब तुम पूछोगी कि ये अक्टूबर फ़िल्म में दिखाए गए फूल जैसा ही खिलेगा न!"

उसने गुस्से और आँखें तरेरनेवाले कई चेहरे एक साथ भेजे और मैंने हा हा हँसनेवाले। काश! हम दोनों एक जगह पर होते और एक दूसरे पर क्रोध और हँसी बिखेर सकते।

"तुम्हें पता है मैं पौधे से बातें करती हूँ, इसे नहलाती हूँ और गाने भी सुनाती हूँ।"

उसने इसके आगे और पीछे कोई बात नहीं की। उसे न तो बचकानी औरत मान लिए जाने की चिन्ता थी, न ही यह जताने की कि मनचाही वस्तु पा जानेवाले इनसान की खुशी ऐसी ही होती है। मैं देर तक सोचता रहा कि उसकी हरकतों को यदि बचकाना कहा जाए तो बचकानी बातों की परिभाषा बदलनी पड़ेगी। अपने को लेकर इतना मुग्ध मैं भी हूँ। मैं भी मोगरे वाला गमला बिस्तर के पास रखकर सोता हूँ, उसके फूलों की अलग-अलग कोणों से तसवीरें लेता रहता हूँ। ये सब बचकानी बातें हैं और इतना बचकाना सबको होना चाहिए।

"इसका पौधा कितने दिनों में फूल देने लगता है?"

"लगभग साल-भर में...लेकिन फूल देना पौधे के विकास पर निर्भर करता है।" उसके सवालों का उत्तर देते हुए मैं ज्ञानी होने लगता हूँ।

"विकास तो इसका बहुत हुआ है...इसकी डालें गमले से बाहर फैल गई हैं।"

"डालें गमले से बाहर फैल गई हैं मतलब? एक महीने में हरसिंगार इतना बढ़ा नहीं हो सकता...कोई और पौधा तो नहीं उग आया?"

"तुमने जो बीज दिए उन्हें लगाने से ये पौधा उगा है, चाहो तो ख़ुद देख लो।" कहते हुए उसने वीडियो ऑन कर दिया।

मेरे सामने हरसिंगार के बदले गोबरकन्ना घास का पौधा अपनी बाँहें गमले से बाहर फैलाए डोल रहा था। उसका दिल बैठ गया। मैं देख रहा था कि उसकी आँखें भर आई थीं।

"मैं रोना चाहती हूँ...पर रो नहीं सकती यहाँ...उन बीजों के न पनपने पर तुम्हारे सामने रोऊँगी।"

घरों की भीड़ में गोबरकन्ना अपने गोल और स्वस्थ पत्तों की चमक के साथ मुसकराता खड़ा था। उसके जैसे पौधों को इतनी उम्र नहीं मिलती।

ब्राइट बातें

कमरे में घुसते ही वहाँ से निकल भागने की इच्छा हुई। उसे धुएँ से बेचैनी होती है और यह हवन का धुआँ है। हवन में तो उसे यूँ भी नहीं होना था, पर पत्नी के मामा के पोता हुआ है। सब ऊपर हैं, वहाँ से धुआँ और कुछ आवाज़ें आ रही थी। उसकी पत्नी और साला इस घर में कई बार आ चुके थे। शकरपुर के इलाके में सड़क से ही अपने मामा की छत पहचानकर उन दोनों ने उस क्षण अपना बचपन लौटा लिया था। उसने एक नज़र अपने साथ आए लोगों पर डाली। पत्नी पेट से है, वह सीढ़ियाँ नहीं चढ़ सकती—उस क्षण की सबसे राहत की बात यही थी। पत्नी का बहाना करके नीचे रुका जा सकता था, लोगों से मिलने-जुलने और नमस्ते की आवृत्तियों से बच सकता था, हवन से बचा रह सकता था। ठीक उसी समय जयकारे की एक सम्मिलित गूँज उठी और मंत्र से नियंत्रित आवाज़ें उसके सम्मोहन से बाहर आने लगी।

'दीदी नमस्ते—जीयाजी नमस्ते' पूजा-पाठ वाली जगहों से सबसे पहले बच्चे ही भागते हैं। वह अपनी बारी आने पर मुसकराता और आँखें आधी मूँदकर नमस्ते करता गया। आए नमस्ते की और चलते बने, हो गई मुलाक़ात! रिश्तेदारी में इतनी ही तो मुलाकातें होती हैं—वे दोस्त नहीं कि रुककर बातें करें। रिश्तेदारी एक बोझ है, जिसे सब ही ढोते हैं। धुएँ का प्रभाव कम हो गया या फिर उसने ही धुएँ के साथ तालमेल बैठा लिया या आने-जानेवालों ने धुएँ से उठी बेचैनी आपस में बाँट ली। जब तक लोग न हों, अपरिचित जगह का अपरिचय प्रभावी नहीं होता। लोगों के होने से अपरिचय है। न

पहचाने जाने का दुख, न पहचान पाने की झेंप, सब लोगों से ही है। खाली कमरा अपना हो या पराया अपरिचय नहीं देता।

"हैलो..."

"अरे तुम यहीं हो!" उसने यह बात अपने भीतर के समूचे उत्साह को समेटकर कही थी। पिछले डेढ़ साल में वह वहाँ माजूद बहुत से चेहरों से मिल चुका था। नाम और रिश्ते न बता पाए, लेकिन नज़रें मिलने पर उन चेहरों की मुसकराहट कैसी होती है, वह पहचान सकता था। पर 'हैलो' बोलकर उसके जवाब का इन्तज़ार किए बिना उसकी पत्नी की बगल में बैठ चुकी लड़की से उसका परिचय पुराना है। पत्नी की ममेरी बहन यानी साली। बहनें बात करने लगीं और वह फिर से अपरिचय के समन्दर में उतर गया। उसने घड़ी देखी। पूजा खत्म हो चुकी थी लेकिन घरेलू पूजा बाकी थी। यह बात कितनी अज़ीब है न कि हर आयोजन में कुछ मंत्र वाले विधि-विधान होते हैं और कुछ गाँव-समाज के। वह केरल में अपने एक दोस्त की शादी में गया हुआ था। ईसाई दोस्त की शादी थी। कोई गुप्त रस्म होनी थी, बेहद क़रीब के रिश्तेदारों को छोड़कर सबको बाहर निकाल दिया था। पूजा-पाठ, शादी-ब्याह किसी में एक मानक तय नहीं है। या तो घरेलू विधि-विधान चला लो या पंडित-पुजारियों वाला, समय कम लगेगा! यदि देवी-देवता होते होंगे तो ये देखकर हँसते नहीं होंगे क्या! उसने फिर से घड़ी देखी।

"बार-बार घड़ी देखने से सब जल्दी नहीं हो जाएगा।" पत्नी ने उसे घड़ी पर नज़र डालते फिर से देख लिया।

"क्यों क्या हुआ... भूख लगी है?"

"नहीं, हमें चार बजे तक वापस लौटना है।" वे फिर से बातों में लग गईं।

इस कमरे को शायद बुजुर्गों ने अपना रखा होगा, तभी वे एक बार आकर स्कैन करनेवाली नज़रों से देखते हुए लौट जाते हैं। उन्हें शायद अपना कमरा चाहिए होगा, वे भी तो थक गए होंगे। लेकिन कमरा अब भर गया था। घरेलू पूजा की तैयारी तेज़ हो गई थी। वहाँ से वह कोना तो नहीं दिख रहा था, जहाँ मिट्टी का कलश रखा गया लेकिन उसकी ओर मुँह करके हाथ जोड़कर

बैठी अधेड़ स्त्रियाँ दिख रही हैं। लड़कियाँ ग़ायब हैं, लड़के कहीं और होंगे और बुजुर्गों ने लगता है अपना ठिकाना किसी अदृश्य जगह को बना लिया।

"और...पेट्रोल की तो कीमत कम हो गई..." यह वाक्य बोलते-बोलते कुर्सी में जो व्यक्ति धँसा था, उससे उसका क्या रिश्ता है, नहीं पता लेकिन एक-दो ऐसे ही पारिवारिक आयोजनों में दोनों ने समकालीन राजनीति पर बहस की है। क्या पता वह जान-बूझकर छेड़ता हो इसे। सम्भव है उसे पता हो कि ऐसे संवाद उसे सहज लगते हैं।

"आपको पता ही होगा गैस से सब्सिडी खत्म कर दी गई।" उसका यह वाक्य उसी तेज़ी से कहा गया था, जिस तेज़ी से शेर अपने शिकार पर झपटता है या फिर नहले के ऊपर दहला फेंका जाता है। सामनेवाले को बचकर निकलना आता था।

"पर सब्सिडी चाहिए किसे...मुझे तो नहीं चाहिए...मुफ्त की आदत बुरी होती है।"

"मुझे चाहिए...और ऐसे करोड़ो लोग हैं देश में, जिन्हें सहायता की ज़रूरत है...ऐसी सहायता सरकार ही कर सकती है...।" उसे याद आया कि यह वाक्य वह पिछली सरकार के समय भी कई बार दोहरा चुका था।

"अब तो लोग सब्सिडी लेना ही नहीं चाहते...।"

'हाँ, हैं कुछ ऐसे फ़ितूरी, जिनके पास सब्सिडी छोड़ने की सुविधा है और कमाल यह है कि उन्हें लगता है कि देश में उनके जैसे ही लोग भरे हैं...। पता है आपको, 94 प्रतिशत श्रमिकों की मासिक आमदनी दस हज़ार रुपये से कम है...और यह सरकारी आँकड़ा है। कितने लोग इस आँकड़े से बाहर होंगे सोचा है आपने।"

"देखिए यह सब मुझे नहीं पता लेकिन देश की जोरदार उपस्थिती के बारे में आप क्या कहेंगे?"

"इसे एक झूठ ही कहा जा सकता है...जो उन असंख्य लोगों को परोसा जाता है, जिन्हें सूचना को बरतना नहीं आता, जिनके लिए चमकती सड़क प्रगति का पैमाना है। अगर यह सच भी होता तो मैं इसे निरर्थक मानता। पेट

न भरे पर दुनिया के किसी कोने में जाकर हमारा नेता देश के पैसे उड़ाए, इसे किसी तरह ज़ायज़ नहीं ठहराया जा सकता।"

पत्नी ने उसकी ओर देखा जैसे रोकना चाह रही हो, पर उस ठस्स और अरुचिकर वातावरण में राजनीति पर हो रही चर्चा ही कुछ रंग भर रही थी। वह बोलता रहा।

"हाँ तो, उन कम आमदनी वालों से क्या आप सब्सिडी छोड़ने की उम्मीद करते हैं? मुझे तो अन्देशा है कि इनमें से किसी के पास गैस की सुविधा भी होगी।"

"हाँ बहुत कुछ बुरा है...कमी है, लेकिन ये सब छोड़ो...अब ब्राइट बातें करो...अच्छी बातें...।" उसकी साली बोल पड़ी।

"लो जिनके पास पैसे होते हैं वे कमजोर पृष्ठभूमि वाले लोगों पर बात भी नहीं करने देते...।"

"अरे ऐसी बातें अभी नहीं करनी।"

"क्यों नहीं करनी?" वह बहस चाहता था।

"करो...आपको जो बात करनी है करो।"

बहस की गुंजाइश ही खत्म हो गई।

इस बीच यह हुआ कि सामनेवाले अपरिचित से परिचित को जाने का संकेत मिल गया। कमरे में मौजूद दोनों स्त्रियाँ अपनी बातों में वापस लौट गईं। बाहर कोई गीत शुरू हो चुका था। उसके पास चुप रहने की लाचारी प्रगतिशील हुआ करती थी और अब सरकारी नौकरी कर रही है तो लोगों के दुख-दर्द पर बात भी नहीं करना चाहती।

'ब्राइट' बातें, कमाल है! दिल्ली में हुई पहली 'स्लट वॉक' याद आ रही है। 'बेशर्मी मोर्चा' नाम दिया था लोगों ने उसे। यह लड़की उसमें भाग लेना चाहती थी, पर घरवालों का डर। उस वॉक की शर्त छोटे कपड़ों की थी। उसे याद है, उसने अपनी होनेवाली साली को एक सलाह दी थी—तुम घर से रोज़ के कपड़े ही पहनकर चलो और छोटे कपड़े बैग में रख लो, फिर कश्मीरी गेट मेट्रो के टॉइलेट में बदलकर जहाँ जाना हो वहाँ जाओ—उसने

वैसा ही किया था। यह किस तरह का बदलाव है, सोचते-सोचते उसने फिर से घड़ी देखी। उसके एक शिक्षक याद आ रहे थे और उनकी कही गई बात भी—एक व्यक्ति से हमेशा प्रगतिशील होने की उम्मीद नहीं की जा सकती। यह बात उन्होंने अपने पिता के सन्दर्भ में कही थी। उनके पिता ने उनके नाम से जातिसूचक शब्द हटा दिया था। उन्हीं पिता ने अपने बेटे के अन्तरजातीय विवाह को स्वीकार नहीं किया था।

"लोग पूछ रहे हैं आप आए भी हैं या नहीं...चलिए ऊपर...आपकी पत्नी की देखभाल हम लोग कर लेंगे।"

उस स्त्री का कमरे में आना तेज़ गर्मी में बारिश की फुहारों जैसा था। वह 'चलिए ऊपर' नहीं भी कहती, तब भी वह उसके पीछे-पीछे हो लेता। कमाल की बात कि उससे मुलाक़ात का अवसर उसे याद नहीं आ रहा लेकिन स्त्री उसे जानती है, रिश्तेदार है यह तो तय है। वह उससे उठनेवाली सुगन्धित हवा के पीछे चल रहा था। यह यक़ीन करनेवाली बात नहीं लग रही थी, पर हो रही थी। एक चमक आ गई थी उसकी आँखों में। पीछे रह गए लोगों के जेहन ने भी यह घटना दर्ज़ की होगी।

इस मंजिल पर बहुत से लोग थे, जिन्हें वह जानता था इस बार नमस्ते वाली शृंखला में पहल उसे करनी थी, अपनी आँखें अधमुँदी करते हुए मुसकराकर जवाब देनेवाले लोग दूसरे थे। उस वक़्त तो वह चाहता था कि उसे किसी से बात न करनी पड़े सिवाय उस स्त्री के, जिसने उसे बुलाया था। उसने उसकी नज़रों का पीछा किया था या वे नज़रें खींच रही थी, अब तय करना कठिन था। काज-प्रयोजन वाले घर में स्त्री होकर भी दोपहर बाद तक इतनी ऊर्जा है उसमें, यक़ीनन उसका चेहरा गुलाबी है। उसने कोई बढ़िया परफ्यूम लगा रखी है।

हर ओर लोग थे और लोगों की नज़रों ने लगभग धकेलते हुए उसे जिस कमरे का रास्ता सुझाया, उसके और नीचे वाले कमरे में अन्तर बस लोगों

का था। थोड़ी देर पहले खत्म हुए हवन का धुआँ कहीं किसी कोने में अब भी मौजूद था। यहाँ मुन्नू भी था—सपरिवार। रिश्ते में साला लेकिन पुराने दिनों का दोस्त। वह अब उन दिनों से निकल आया है लेकिन मुन्नू जब भी मिलता है, उन्हीं दिनों के सन्दर्भ से बातें शुरू करता है।

"अशोक भौमिक की पेंटिंग्स की एग्जीबिशन लग रही है धूमीमल आर्ट गैलरी में..."

"चलोगे?"

"चलेंगे...मैं तो खाली ही रहता हूँ और तुम्हारा ऑफिस उधर ही है... किसी शाम चलते हैं।"

उन दोनों ने महसूस किया कि ये उनकी एक और प्लानिंग है, जिसके पूरे होने के आसार नहीं है। उन्होंने कितने काम एक साथ करने का सोचा था—ब्लॉग, वेबसाइट, मर्चेंडाइज़ आदि सब बनाने, बेचने का। चला कुछ भी नहीं। कितने जोश से भरकर अशौक भौमिक का इंटरव्यू लेने भागे थे वे लोग विश्व पुस्तक-मेले से। उस बुजुर्ग कलाकार ने दिल से सारे सवालों के जवाब दिए थे। वह इंटरव्यू आज तक टाइप नहीं हो पाया।

"वे जो पेंटिंग उन दिनों बना रहे थे, उनकी भोपाल वाली प्रदर्शिनी में लगी थी।" मुन्नू के पास उन दिनों की बहुत बातें हैं।

"उद्घाटन के दिन ही चलते हैं, उनसे मुलाक़ात भी हो जाएगी...पर हमें एक साथ देखकर वे मार न बैठें..." बोलकर वह ज़ोर-ज़ोर से हँसने लगा जैसे सारे अपराधबोध को बाहर धकेल देना चाहता हो। मुन्नू हमेशा की भाँति हौले-हौले मुसकरा रहा था।

ठीक उसी वक़्त हवा के उस सुगन्धित झोंके का आना हुआ—

"आप यहाँ दामाद टाइप खाना, खाना पसन्द करेंगे या ऊपर सबके साथ?"

एक मन तो कह रहा था कि कह दे 'दामाद टाइप' क्योंकि पक्के तौर पर खाने का इन्तिज़ाम वही करती, जो व्यंजन चाहिए होता वही लाती लेकिन उसे दामाद, फूफा जैसे शब्दों से चिढ़ थी। अचानक से उस जगह में सपनीली-सी ताजगी आ गई थी। पूजा-पाठ का गतिहीन, निस्तेज माहौल खाने की महक

से भर उठा था। बीच में हवा का वह सुगन्धित झोंका उसके सामने से एक बार फिर गुज़रा था, महक काफी देर तक रही थी। आयोजनों में सब खाने का ही इन्तज़ार कर रहे होते हैं। एक समय के बाद खाना सारे कार्यकलाप की परिणति लगने लगता है। उसने घड़ी देखी, ऐसा करते हुए उसे देखनेवाला यहाँ कोई नहीं था, फिर भी एक चोर नज़र उसने आस-पास दौड़ा ही ली थी।

खाने के बाद लगभग सारे ही उस कमरे में लौट गए जो वहाँ से उठकर गए थे लेकिन भोज-भात वाले घरों में कमरे खाली नहीं रहते। वह अपने दामादपने से कितना ही भागे लेकिन उसके लिए कुर्सी खाली की जाती है, जगह बनाई जाती है।

"आप किसी पेंटिंग एग्जीबिशन में जाने की बात कर रहे थे..." हवा का सुगन्धित झोंका यूँ सवाल करे तो एक शब्द का उत्तर कई वाक्यों में बदल ही जाता है।

"हाँ एक बुजुर्ग कलाकार की पेंटिंग्स की प्रदर्शनी है...हमने एक बार उनका इंटरव्यू किया था, पर उसे कहीं छपवा नहीं पाए...छपवाते क्या खाक हम उस रिकॉर्डिंग को लिख तक नहीं पाए।"

"क्यों नहीं लिख पाए?"

"आलस..."

"मुझे दे दीजिए मैं टाइप कर दूँगी...कलाकार की बातें तो समय की सीमाओं से मुक्त होती है...तब की बात आज छप जाएगी।"

उसे विश्वास ही नहीं हो रहा था कि यह सब सच में हो रहा है। वह सारी बातें केवल वही सुन रहा है या और लोग भी सुन रहे हैं। यह है कौन?

"छोड़िए रिकॉर्डिंग तो जब दीजिएगा तब, प्रदर्शनी में मुझे भी ले चलिए... लौटते हुए त्रिवेणी कला संगम जा सकते हैं? वहाँ ओपन एयर में बैठकर शाम की चाय का लुत्फ़ लिया जाएगा।"

अब वह अलग रोमांच में समाता जा रहा था। उसके मन में पहचान की जो हुड़क थी, उसमें आकर्षण भी घुलता जा रहा था। वह अपनी स्थिति भूलकर अलग ही तरंग में गोते खाने लगा था।

"पीछे आप कुछ प्रदर्शनों में गए थे..."

वह उसे इतने बेहतर तरीके से जानती है, उसके आने-जाने की खबर है और सबसे बढ़कर इतनी देर से ऊबी नहीं है।

"हाँ आजकल खाली हूँ तो चला जाता हूँ...अपने हिस्से का एक्टिविज़्म... होना जाना कुछ नहीं, फिर भी उन लोगों के हाथ मज़बूत करने चला जाता हूँ जो साल के तीन सौ पैंसठ दिन संघर्ष करते हैं..." जवाब के आख़िर तक आते-आते उसकी आवाज़ किसी निराशा में डूबने लगी फिर जैसे हवा के सुगन्धित झोंके ने फूँक मारी हो, वह फिर से गनगना गया।

"आपको क्या लगता है, यह सरकार कब जाएगी?"

"मेरे जीवनकाल में इसके जाने के आसार नहीं दिख रहे हैं...शायद उसके आगे भी न जाए।"

"फिर आप किस उम्मीद में इन प्रदर्शनों में जाते हैं?"

इस प्रश्न का उत्तर उसके पास नहीं था। अपना यह अन्तर्विरोध उसे ही समझ नहीं आ रहा था। हवा के उस झोंके ने उसे उघाड़ दिया। पर अन्तर्विरोध तो है ही नहीं। इन विरोध प्रदर्शनों में जितने कम लोग आते हैं, वे किसी भी प्रकार से किसी भी सरकार के लिए खतरा नहीं हैं, उम्मीद का एक झूठ है, जिसे वहाँ आनेवाले सब जी रहे होते हैं। उन बातों को सुनने और गुननेवाली उतने ही लोग होते हैं, जितने ऐसे प्रदर्शनों में आते हैं। अब तो खाते-पीते लोग ही दिखते हैं। आम लोगों की घोर विरक्ति हो चुकी है समतामूलक राजनीति से। वे अस्पताल, पढ़ाई और नौकरी आदि पर बात सुनने के लिए तैयार ही नहीं हैं। क्या यह सब कह दिया जाए। नहीं, कहने से क्या होगा...क्या होता है कहने से? वह अपने में डूबा था और हवा के झोंके को उसी तरह निकल जाना था, वापस आने के लिए। इस बीच उसने घड़ी नहीं देखी थी। समय कहाँ रुकता है—यह कहना क्लीशे है।

"चलो अब...नहीं तो तुम्हें ही सब करना पड़ेगा।"

यह उसकी पत्नी की आवाज़ थी। उसकी आवाज़ के जवाब में कई आवाज़ें आई, कई सवाल भी जो उनके लौटने को लेकर थे। पत्नी सबका

जवाब दे रही थी। उसने उस सवाल का जवाब भी दिया जो 'तुम्हें ही करना पड़ेगा' के अलग-अलग रंग से मिश्रित थे।

"हमारी हाउसहेल्प के आने का समय हो रहा है...हम समय से घर नहीं गए तो बर्तन-सफाई वगैरह इसे ही करनी पड़ जाएगी।"

इसके साथ ही कुछ खिलखिलाहटें उठीं। वह भी उठ गया। उसके चेहरे पर एक जबर्दस्ती लाई हुई मुसकराहट थी और नज़रों में एक तलाश। क्या वह यह नहीं कह सकता कि सारे काम ख़ुद कर लेगा? कुछ ही देर में वे लोग सड़क पर थे। बीच में जो भी मिला, सब इतनी जल्दी चल देने पर सवाल कर रहे थे, रुकने का इसरार कर रहे थे। इन सबके बीच कितने इसरार सच्चे थे, इसका अन्दाज़ा कठिन था। हवा का झोंका अब भी नज़रों से ओझल ही रहा।

पूर्वी दिल्ली की उस गली में शाम के चार बजे भी सूरज की गर्मी चरम पर थी। गली का छोर किसी सुरंग के दरवाजे-सा खुल रहा था, जहाँ तेज़ धूप झिलमिला रही थी। यह गली और इस जैसी कितनी ही गलियाँ है शकरपुर में और ऐसे कितने ही शकरपुर हैं दिल्ली में, जिनकी गलियाँ सुरंग जैसी लगती है, जहाँ धूप अपने ताप से लोगों को भूने दे रही है और जब सूरज बीत जाता है, तब लोगों को ताप देने का जिम्मा घरों की सोखी हुई गर्मी के हवाले रहता है। इनमें ख़ूब सारे लोग रहते हैं। इन सब घरों से ही हवा का सुगन्धित झोंका आती होगी। काश उसे आख़िरी बार देख लेता! चलो पेंटिंग एक्जिबिशन पर तो मिलना ही है। पर कैसे, कोई सम्पर्क नहीं, कोई पहचान नहीं।

उसने पत्नी से उस रिश्तेदार के बारे में जानना चाहा। पत्नी और उसके भाई ने अपनी सम्मिलित स्मृतियों पर काफी ज़ोर देकर निष्कर्ष निकाला कि ऐसी कोई भी स्त्री वहाँ उपस्थित नहीं थी। वे लगभग उसका मज़ाक़ उड़ाते हुए हँस रहे थे। वह जो इतनी देर से उस स्त्री के खुमार में था, उसके होने पर ही प्रश्न लगा दिया इन लोगों ने।

वे जब तक लौटे काफी देर हो चुकी थी, उनकी हाउसहेल्प जा चुकी थी। अब सारे काम उसे ही करने थे। अपने वहम या सच में से किसी एक

पर वह स्थिर हो नहीं पा रहा था कि यह सच्चाई सामने आई। वह उन्हीं कपड़ों में बर्तन धोने लग गया।

"चंचल ने बच्चे के लिहाज से 'ब्राइट बातें' करने को कही थी...गर्भवती स्त्री के आस-पास अच्छी और सकारात्मक बातें करनी चाहिए।" कहकर पत्नी आराम करने चली गई।

उसका बर्तन धोना रुक गया। बच्चा जिस दुनिया में आएगा वह 'कतई' ब्राइट नहीं है, ऐसे में उसे कितना बचाया जाए! उसके लिए एक सकारात्मक दुनिया चाहिए। जैसी दुनिया है, वैसी उसे पता चल जाए और उसके पास चयन का अधिकार हो तो वह आना भी नहीं चाहे!

स्वाँग के बाहर

"मुझे तुमसे बात करनी है...खाना खाने के बाद बाहर आ जाना।"

उस वक़्त कमरे में अँधेरा था लेकिन बाहर अँधेरे की सीमा में प्रकाश की ख़ासी मिलावट! मोरों की आवाज़ की असीम निरन्तरता उसे भली लगती थी और इस तरह कमरे की बत्ती बन्द कर खिड़की और दरवाजे से शाम को ज़र्रे-ज़र्रे पर घिरते देखना उसे अच्छा लगता था। उसे यहाँ तीन महीने रहना था, एक निश्चित दिन वह निकल जाएगा, यह सब छोड़कर फिर हॉस्टल के इस हिस्से का अर्थ उसके लिए शून्य रह जाएगा! प्रतिदिन शाम को वह इस कमरे की निरर्थकता के बारे में सोचता, फिर सोचता सामने के विशाल पीपल के पेड़, उस पर आनेवाले मोर, उनकी आवाज़, कभी-कभी उड़नेवाले मोरों के पंखों से घर्षित होती हवा की भारी आवाज़, सबके निरर्थकता के कूड़ेदान में समा जाने के बारे में। यादें रहेंगी लेकिन उनसे इन्हें निकालकर देखने का वक़्त या फिर इनकी ज़रूरत किसे होगी! यहाँ उसके पास समय का यही टुकड़ा है तीन महीने का, जिसमें लम्बे समय के बाद और शायद आख़िरी बार उसे कॉलेज के छात्र की तरह रहने को मिला है। इन दिनों को वह उसी तरह देख रहा है जैसे कॉलेज के दिनों को देखता था, पर उदासी के कुछ टुकड़े जो भीतर धँसे हैं, वे बार-बार बता देते हैं कि इस उम्र में यह बस एक स्वाँग भर है, असल नहीं। इस समय की ज़रूरत है एक बर्बर निर्लिप्तता, मगर स्वाँग भरते-भरते भी वह सच में उतरता जा रहा है, जैसे मंच का अद्‌भुत कलाकार अपने पात्र में ही तब्दील होने में लगा हो।

इस समय में कॉलेज का विद्यार्थी बनकर रहना, किसी बड़े अनुष्ठान में प्रवेश कर जाने जैसा है—नए ग्रन्थ, नई उपासना-पद्धति और पौरोहित्य का नया आडम्बर! इन सबके बीच पुराने समय की बस दो ही चीज़ें अपनी गरिमामय उपस्थिति के साथ बची हैं उसमें—आलस और ऊब! कभी-कभी उसे लगता है कि उसने शाम होने से पहले ही बिस्तर पर पसर जाने की आलस भरी गतिविधि के अपराधबोध से बचने के लिए अपने को भी समझा दिया है कि वह दरवाजे से घिरती शाम को देखने का सुकून चाहता है। वह चाहता है कि लोग शाम की इस पूरी संरचना में मोरों की आवाज़, जो संगीत रच रही है, उसे सुनने का एक शास्त्र विकसित हो और लोग उसे इसका प्रणेता मानें! जबकि सच इतना ही है कि अब से पहले तक उसने मोरों को बस चिड़ियाघर में ही देखा था, कमरे के बाहर पड़े कूड़ेदान तक आ जानेवाले सुन्दर पंखों से लदे मोर को देखने का सुख उसने इससे पहले कभी अर्जित नहीं किया। उसके जीवन की मोर-शून्यता का अन्दाज़ा इसी से लगा लिया जाना चाहिए कि वह मोर देखने के लिए उसी तरह उत्साहित रहता है, जिस तरह जंगल के हाथी को देखने के लिए पर्यटक।

उसे लगता है कि वह कायदे से सोचता भी नहीं है या फिर विचार बड़ी तेज़ी से उसके भीतर आवाजाही करते हैं। वह ठहरकर उनमें से किसी एक पर या एक-एक पर देर तक नहीं सोचता। इसे गुण माने या अवगुण? पहली बार किसी ने उससे अँधेरे कमरे में पड़े रहने का कारण पूछा तो उसका उत्तर था—अँधेरे में कीड़े कम आते हैं। उसके बाद किसी ने नहीं पूछा। अब तक सब उसे एक अलग ही तरह का व्यक्ति मान चुके होंगे। हॉस्टल के किसी कमरे से उस व्यक्ति की जोरदार आवाज़ आ रही थी, जो सभी विद्यार्थियों का नेतृत्व की इच्छा रखता था। वह अपनी बुजुर्गियत की हैसियत से ऐसा चाहता है, जबकि उसमें रत्ती भर भी नेतृत्व क्षमता नहीं थी। वह ठीक आज के नेताओं की तरह था पर कामुक नहीं था। सोचने के इसी अजीबोगरीब क्रम में वह फ़ोन आया था। तब से वह मेस में आनेवाले खाने का इन्तज़ार कर रहा था। उसने खिड़की की ओर देखा,

खाने की जगह से आनेवाली रोशनी बन्द थी। लक्ष्मण खाना लाने के बाद सबसे पहला काम उस बड़े से कमरे में रोशनी करने का करता है। कहने के लिए बचाए रखता है या फिर अपने साथ रहनेवाली लड़की की चुगली या फिर कहीं जाने की योजना बनेगी।

यूँ तो उसने बात करने के लिए कभी अलग से नहीं कहा, तब भी नहीं जब उसे उसका लाइब्रेरी कार्ड चाहिए था। उसे तो बाद में पता चला कि उसका कट गया है! उसे ब्यूटी पार्लर के डिस्काउंट के लिए अपना कार्ड चाहिए था लेकिन पुस्तकालय से किताबें भी चाहिए थीं, फिर किताबों के लिए किसी और का कार्ड! उस दोपहर वह खाकर एक लम्बी नींद लेने की सोच रहा था लेकिन हॉस्टल से कार्ड लेकर आया तो इधर ही रह गया। उसने उस लड़की में एक निस्संगता देखी है। उसे देखकर कक्षा में चारों ओर निरन्तर लालसा सुलगती रहती है, फिर भी उसने कहीं रुककर किसी को नहीं देखा। याद नहीं, किसी से अभिवादन भर तक के संवाद से आगे कुछ कहा हो। पर उससे बात ही नहीं करती, बल्कि कॉलेज के बाहर चाय पीने भी जाती है, तब सड़क पर आते-जाते लोगों को उसकी ओर घूरते देखता है वह। उन क्षणों में उसे वहाँ होने पर अच्छा महसूस हुआ है। उसी दौरान उसने अपनी वास्तविकता को पीछे रखने की पहली बार सफल कोशिश की थी। तीन महीने के लिए उसकी दुनिया बेशक अलग हो, पर उसकी मियाद इतनी ही थी। उसे जुड़ाव महसूस करना था, वह कर भी रहा था लेकिन वह अपनी सजगता से बाहर नहीं आ सकता था। सोने के पानी से लिखे दिनों में हीरे की मज़बूती वाले इतिहास के साथ वह आया था। हाल में उसने अपने इतिहास पर जुड़ाव को कई बार हावी होते देखा। तब की बेचैनी के बीच उसने चाय के साथ भद्दे समझौते किए। कई बार चाय की दुकान पर आया और आती-जाती गाड़ियों को देखता रहा। उसे अपनी ज़िन्दगी में गाड़ियों के आने और जाने की जगह की जोरदार तलब लग रही थी। राजू चाय वाले के पास भीड़ बनी ही रहती थी, उसे कभी खाली नहीं देखा। बहुत पैसे कमाता होगा बन्दा! एक शाम उसने डायरी में अपने लिए कुछ दर्ज़ किया—

'तुम अनायास क्यों भटक रहे? कोई नेपन के साथ आएगा, खींचेगा लेकिन यह भी तो है कि वह अपने साथ अपनी दुनिया, भूत और भविष्य की कल्पना लेकर आएगा। सवाल उठता है कि आनेवाला तुम्हारी तरह बिना किसी अपेक्षा के नहीं आया तो? तुम उसकी अपेक्षाओं के लिए रहोगे ही नहीं...बेशक तुम उसकी ज़िन्दगी की दिक़्क़तें सँभाल सकते हो, जीवन बदलने में भूमिका निभा सकते हो लेकिन अपेक्षाओं को ढोने के लिए तैयार नहीं होगे, तुम जानते हो।

तुम अपनी आकांक्षाएँ छिपा लोगे...असुविधा भी छिपा लोगे और ज़रूरत भी। गिल्ट में रहोगे पर अपेक्षाएँ स्वीकार नहीं करोगे क्योंकि तुम्हारी स्थिति तुम्हें इजाज़त नहीं देती।'

उस रात अपने लिए इतना लिखने के बाद वह सो गया और अपने लिखे के बारे में भूल गया। एक तड़प अपना सर उठाने लगी थी उसके भीतर। उसने कई बार ख़याल किया कि वह कभी उसके इतने क़रीब रहे कि उसे कुछ दिखाई ही न दे, जैसे चन्द्रमा सूरज और पृथ्वी के बीच आ जाता है वैसे ही।

मोर अब शान्त होकर नींद की ओर बढ़ गए थे। उनकी इक्का-दुक्का पुकार सुनाई दे जाती थी, जैसे करवट बदलते हुए गिरकर चोट से चीख़ पड़े हों। लक्ष्मण खाना ला चुका था, मेस की रोशनी में गन्दी पड़ी खाने की टेबल भी चमकने लगी थी और रहवासियों की आवाज़ में एक हड़बड़ी घुस चुकी थी। कहीं से कमरे की कुंडी लगने की आवाज़, बाथरूम में नलके के नीचे धुलती प्लेट और कोई पुकार, सब एक दूसरे में घुल रहे थे। खाना आ जाने पर रोज़ होनेवाली बातें थी ये। सब विद्यार्थी मनोविज्ञान पढ़ने आए थे और पैवलॉव के कुत्ते की तरह ही उनकी भी कंडीशनिंग हो गई थी। वह उन लोगों से ज़्यादा देर तक बिस्तर में पड़े रहकर अपने को बार-बार जताने की कोशिश कर रहा था कि उसकी कंडीशनिंग नहीं हुई है लेकिन हुआ तो उसका भी था।

बाहर वाली सड़क, जिस पर राजू की दुकान है, लम्बी और सीधी है पर दूर जहाँ से सड़क घरों के बीच गुम हो जाती है, वहीं से मुड़कर वह झील

का दूसरा किनारा बनने लगती है। सड़क की धूल जैसे गाड़ियों से बदला लेने के लिए बार-बार गुस्से में उठकर खड़ी हो रही थी। बाहर उसे वह नहीं दिखा, जिसने उसे बुलाया था।

—कहाँ हो?

—घर पर।

—पर तुमने तो बुलाया था।

—तुम हो शीघ्रपतन के रोगी, पूरी बात सुनते नहीं फ़ोन काटने की शीघ्रता में रहते हो...मैं जगह के बारे में पूछने ही वाली थी कि फ़ोन काट दिया... अब बोलो भी कहाँ आना है।

—चौपाटी पर आ जाओ।

उसे शीघ्रपतन के रोगी वाली बात पर हँसी आ गई। वह चाहता था कि उससे कह दे कि कम से शीघ्रपतन का रोगी तो वह नहीं ही है, बेशक कोई और रोग भले उसके भीतर पल रहा हो। पर क्या होता कहकर! उसकी निस्संगता में इस तरह की बातों के लिए जगह कहाँ है। है तो बस एक हास्य भर की हैसियत!

खाना खा चुकने के बाद सड़क पर वह किसी लड़की का इन्तज़ार कर रहा था। यह वह समय था, जब राजू अपनी दुकान बढ़ाने की जुगत में लग जाता और घरों में खाना खा चुके लोग चौपाटी पर सैर के लिए आने लग जाते, चौपाटी के किनारे-किनारे लगे खाने-पीने के ठेलों की रौनक बढ़ने लगती थी। चौपाटी की शाम अपने चरमोत्कर्ष की ओर बढ़ने लगी थी। चौपाटी से आगे झील का खुला पेट, जिसमें अभी-अभी गए बारिश के मौसम की निशानी पड़ी हुई थी। किनारों पर हवा की सवारी करती मछलियों जैसी गन्ध फैली थी जो एकबारगी किसी समुद्र-तट का भाव दे देती।

वह आई पर उसका इन्तज़ार नहीं था। उसे तो आना ही था अपनी बात कहने। इन्तज़ार उसकी बात का था। वह झील के किनारे लगे खम्भों से उतरती पीली रोशनी में भी सुन्दर लग रही थी। दोनों उन लोगों में शामिल हो गए जो झील के किनारे-किनारे सैर कर रहे थे, पर वे सैर करने नहीं आए

थे। उन्हें तलाश थी एक जगह की, जहाँ बैठकर बिना व्यवधान बात हो सके। झील के जिस हिस्से में वे रुके वहाँ तक सैर करनेवाले कम ही आते थे। वहाँ झील में चलनेवाली नावें उल्टी पड़ी थीं। उन नावों को देखकर लगता था कि वे महीनों से अपने प्रेमी से मुँह फेरकर लेटी हैं। प्रेमी जा चुके हैं और इन प्रेमिकाओं की जीर्णता को झुककर चूमनेवाला भी कोई नहीं।

इस ओर रात के सन्नाटे का प्रभाव दिख रहा था। दृश्य को इससे ज़्यादा क्या ही रूमानी होना था कि झील के किनारे एक लड़का और एक लड़की चुपचाप बैठे हों, चाँद की रोशनी तो नहीं पर झील पर पड़ रही पीली रोशनी में भी कोई ताप नहीं, पानी में उठती हल्की-हल्की लहरें अपनी ओर देखने को मजबूर करती हुई प्रतीत हों। दोनों के बीच कोई बातचीत नहीं हो रही थी, लेकिन उनकी बीच की हवा में कोई तनाव भी न था। वे एक-दूसरे के क़रीब होने के बावजूद, एक भावनात्मक दूरी पर साफ़-साफ़ खड़े दिख रहे थे।

वह झील की ओर देख रहा था, जैसे उसके मन में कोई गहरी सोच चल रही हो, जबकि लड़की धीरे-धीरे अपने पैरों को हिला रही है, मानो वह किसी और चीज़ पर ध्यान केन्द्रित करना चाहती हो। दोनों के चेहरे पर एक हल्की उदासी झलक रही थी, लेकिन वह किसी व्यक्तिगत निराशा की नहीं, बल्कि एक गहरी सोच या किसी अनकही समझ की बात थी। उसठ और ऊब भरे क्षण को चुप्पी के साथ पसरती पीली रोशनी का साथ मिला हुआ था। हवा में मछेरी गन्ध थी और आस-पास कोई आवाज़ नहीं।

—समझ नहीं आता कहाँ से शुरू करूँ।

—अन्त से शुरू करो।

कहकर वह हँस पड़ा। यूँ तो यह कोई हँसनेवाली बात थी नहीं लेकिन उसके चेहरे पर भी मुस्कान आ गई। हँसने पर उसके होंठ ज़्यादा खुलने से सामने के दाँत अपनी पूरी चमक के साथ दिखते हैं। उसने फिर से उसकी ओर देखा, अब वह झील की ओर देखने लगी।

उसके मुड़ने से ऐसा लगा कि वह अब बोलेगी लेकिन तभी एक झुंड उधर से गुज़रा। झुंड की उम्र ऐसी लग रही थी, जैसे वे सिवाय घूमने के

किसी और काम के नहीं बचे हैं लेकिन इस उम्र में भी नहीं थे कि लाठी के सहारे चलते-चलते बस मौत का इन्तज़ार कर रहे हों। उनमें से एक की आवाज़ सब सुन रहे थे, वह बोले जा रहा था।

"इतनी तेज़ गन्ध है इस पानी में...पानी एकदम सड़ गया है। मैं दावे के साथ कह सकता हूँ कि इसके भीतर के सारे जीव मर चुके होंगे। इतने खराब पानी में भी कोई जीवित रह सकता है भला!"

इस बात ने लड़की पर क्या प्रभाव छोड़ा, पता नहीं लेकिन उसके सामने बैठा लड़का चिढ़ गया। उसकी पीठ जो रेलिंग से टिकी थी, सीधी हो गई।

—कैसे अजीब लोग हैं...इनकी पूरी उमर इस नासमझी में गुज़र गई कि जीवों को पानी में रहने के लिए किस तरह का वातावरण चाहिए। हमारे यहाँ विज्ञान की पढ़ाई का हिसाब ही अजीब है। पढ़ तो लेते हैं पर ऊपर-ऊपर से। प्रत्येक जीव को मनुष्य की तरह देखने की आदत विज्ञान के हिसाब से ठीक नहीं है। पानी के अन्दर वाले जीवों को तो जाने दो, गाय आदि इससे भी खराब पानी को पीकर जीवित रह सकते हैं। उनके शरीर का तापमान मनुष्य के शरीर के मुक़ाबले ज़्यादा होता है और वही उन्हें इसके योग्य बनाता है। पानी के भीतर की तो बात ही अलग है।

वह उसकी ओर देख रही थी, जैसे कोई विद्यार्थी अपने अध्यापक को यह सोचते हुए देखता है कि उसकी बात एकदम सही हो और उससे ऊपर कुछ भी नहीं। देखते-देखते उसकी नज़र फिर पानी की ओर मुड़ गई, जैसे फ़िल्मों के दृश्य एक से दूसरे में बदल जाते हैं।

दोनों के बीच चुप्पी फिर से छा गई। गन्ध, हवा और रोशनी अपनी जगह थे और कभी-कभी उनके भीतर लोगों का आना भी जारी ही था। पर इतने लोग नहीं थे कि वे इन्हें बात न करने दें। वह इतनी देर चुप नहीं रह सकता। लेकिन कितना ही बोले। ये लोग हस्की को यहाँ इतनी गर्मी में रख रहे हैं... यूरोप के ठंडे इलाके की नस्ल यहाँ अजमेर की गर्मी में क्या ही महसूस करती होगी या अनुकूलित हो गई होगी। जीवित रहने के लिए वातावरण से सहकार सीखना ही पड़ता है। पूरा जीवन सामंजस्य बैठाने में ही खप जाता

है। इसे कुछ कहना है पर कह नहीं रही। क्या करे सीधे पूछ ले? न! पूछना सही नहीं होगा। आन्तरिक संघर्ष से जूझते लोग चुप हो ही जाते हैं। अपने भीतर की कश्मकश की अभिव्यक्ति यूँ मौन होकर करना भी संवाद है। सारे उसकी तरह के नहीं होते। उसका काम बिना बोले नहीं चलता। वह दूर देखने लगा। अँधेरे में उतनी दूर ही देख सकते हैं, जितनी दूर तक रोशनी हो। वहाँ एक दुकान के बोर्ड पर लिखा था मिस्टर बूदन। बूदन पढ़ते ही उसे हँसी आ गई। हँसी की चमक या उसकी आवाज़ ने लड़की का ध्यान भंग किया होगा।

—क्या हुआ...हँस क्यों रहे हो?

—नहीं कुछ नहीं।

—अरे बताओ भी अब।

वह कहानी सुनाने की मुद्रा में आ गया।

—मेरे पिताजी ने अपने एक सहकर्मी के साथ डेयरी खोली। घनिष्ठता इतनी कि दोनों ने साथ में जमीन खरीदी, घर बनाया और सीधे कहें तो भाइयों की तरह हो गए। पिता के सहकर्मी हमारे चाचा हुए, उनकी पत्नी चाची और बच्चे भाई-बहन। उनका घर नेपाल की तराई में था। वे लोग गर्व से बताते थे कि गायक उदित नारायण का घर उधर ही है और बचपन में उस ओर चरवाही करते देखे जाते थे। एक बार उनके पिता शहर आए। उनका नाम था—बूदन झा। संयोग से उन दिनों मेरे भाई की भूगोल की किताब में एक चिकमंगलूर की ओर के किसी पहाड़ का नाम था, बाबा बूदन गिरि का जिक्र आया था। जैसे ही हमने उनका नाम सुना, हमारी हँसी छूट गई। उसके बाद से उन्हें देखते ही हम हँसने लगते थे।

उन्हीं का एक और किस्सा है। चाचा की बड़ी बेटी की शादी थी और वे अपने गाँव में ही शादी करना चाहते थे। हमारे लिए नेपाल देखने का शानदार अवसर बनकर आई थी वह शादी। शादी खत्म हो चुकी थी। चाचा का घर अपनी सामान्य अवस्था में लौट रहा था। सामान जो दूसरे घरों में रखे गए थे, वे क्रमशः अपनी जगह लेने लग गए थे। एक शाम उनके पशु भी लौट आए। घर के सारे लोग अपनी थकान मिटा रहे होंगे, उसी बीच

उनकी भैंस खूँटे से रस्सी तुड़ाकर भाग गई। जिसकी फसल खा रही होगी, उसने शोर मचाया। लोग बाहर निकले। बाबा बूदन भी निकले! निकलते ही उन्होंने ज़ोर की हाँक लगाई।

"ओ महिषासुर की पत्नी...लौट आओ।"

जिस-जिस ने सुना सबकी हँसी छूट गई। भैंस जिसकी फसल चर रही थी, वही भैंस को पकड़ लाया। उस दिन से 'बाबा बूदन' के साथ 'महिषासुर की पत्नी' भी हमारे हास्य का हिस्सा हो गया।

महिषासुर की पत्नी सुनकर वह भी हँसने लगी। उसकी हँसी सुनकर मछलियाँ भी उसकी ओर देखने लगीं, ऐसी ख़ूबसूरत हँसी थी उसकी। अँधेरे में एक चमक-सी! उसकी हँसी झील के शान्त वातावरण में गूँज रही थी, मानो उसकी हँसी में भी एक अलग तरह की ऊर्जा और जीवन का संचार हो। उसका चेहरा खिलखिलाती मुस्कान से भरा हुआ था, जैसे उसे इस क्षण में किसी चीज़ की चिन्ता नहीं थी। उसकी मासूमियत और बेफिक्री उस वातावरण में और भी जादू भर रही थी। बाबा बूदन जो उसके किसी काम नहीं आनेवाले थे, यहाँ इस वातावरण में रस घोलने का निमित्त बन रहे थे। वह भूलने लगा था कि उसे लड़की की किसी बात का इन्तजार था। रात तेज़ी से गिर रही थी। मोरों की आवाज़ इधर तक नहीं आती। झील के भीतर चलनेवाला झरना और पानी की लय के साथ बजते देशभक्ति गीत कब के बन्द हो चुके थे। सारा परिवेश स्थगन की प्रतीक्षा में आ चुका था, जैसे कमरे के दरवाजे, रात सबके सोने से पहले बन्द होना चाहते हों। अब तो उसका न बोलना भी चलेगा। यह समय इसी तरह किसी लूप में समा जाए और बाबा बूदन की महिषासुर की पत्नी खेत दर खेत चौकड़ी भरती रहे। वक़्त के इस ठहराव की आकांक्षा में उसे याद आया कि इन सब बातों को उसने अरसे से याद नहीं किया था। घटनाएँ हमारे सामने घटती हुई स्मृतियों के खाते में जमा होती जाती हैं फिर अलग-अलग सन्दर्भों में याद आती हैं। अफसोस उन घटनाओं और शक्लों के लिए है, जिन्हें याद आने के लिए सन्दर्भ नहीं मिलेंगे, वे हमारी मौत तक स्मृति में ही गड़ी रहेंगी।

—मैं 16 साल से एक रिलेशनशिप में हूँ और अब वह टूट रहा है। उसके टूटने में अजमेर के इन महीनों का बड़ा हाथ है।

उसे इतना ही बोलना था? इतनी सारी कवायद बस इसलिए कि उसका सम्बन्ध टूट रहा है? पिछले दिनों वह फ़ोन पर ज़्यादा ही लगी रहती, किसी दिन चिल्ला भी रही थी फ़ोन पर।

—तुम लोग शादी करनेवाले थे?

—नहीं हमारी शादी हो भी नहीं सकती, वह पहले से शादीशुदा है...मेरी ज़िन्दगी में आने से पहले उसकी शादी हो चुकी थी। इसलिए उस बात को तो हम लोग पहले ही ख़ारिज कर चुके थे।...मुझे पता है, कहने-सुनने में यह अजीब लगता है लेकिन यही सच है। तुम लोग किसी को मेरा बोयफ्रेंड कहते हो न, यह वही व्यक्ति है लेकिन मैं उसे बोयफ्रेंड नहीं मानती। इस उम्र में आकर लगता है कोई भी हो बस मेरा हो।

—हाँ, तुम्हारे अच्छे-बुरे में तुम्हारे साथ खड़ा होनेवाला भी तो चाहिए।

—नहीं ऐसी बात नहीं है। वह बहुत अच्छा व्यक्ति है। उस व्यक्ति ने मेरे लिए जो सब किया है, उतना तो कोई सगा भी नहीं कर सकता। उसके लिए आदर मेरे जीवन में कभी खत्म हो ही नहीं सकता। पर मेरी ओर से प्यार नहीं है अब। पहले मैं कोशिश भी करती थी, पर अब मन नहीं है उन कोशिशों का।

—ठीक! जब मन ही नहीं है तो कहीं ठहरना जबर्दस्ती ही होगी...हर जगह से उस व्यक्ति से सम्पर्क काट दो, जल्दी निकल जाओगी।

—नहीं, मैं यह नहीं कर सकती। उस व्यक्ति ने जो सब मेरे लिए किया है और जितना सम्मान उसके प्रति मेरे मन में है, उसे देखते हुए यदि मैं उससे सारे सम्पर्क काट दूँ तो मुझसे बड़ा पापी कोई नहीं होगा।...वह बहुत अच्छा व्यक्ति है। वैसा इनसान मिलना मुश्किल है।

—जब अपने प्रेमी को डिफेंड करना पड़े तो समझो कि प्रेम जा चुका है। अब जो भी हो प्रेम तो कतई नहीं है।

—पता है, मेरे घर में इस सम्बन्ध के बारे में सब जानते हैं मम्मी-पापा भी...निस्सन्देह उन्हें सब कुछ नहीं पता पर वे जानते हैं।

—पता तो उन्हें सब ही होगा...फिर भी तुम्हारे माता-पिता बहुत समझदार निकले। हमारे घरवाले होते तो काट डालते अब तक तो। उनकी लड़की पैंतीस की होकर भी शादी न करे यह चल जाता लेकिन एक शादीशुदा मर्द से सोलह सालों से प्रेम करे, यह पचा पाना कठिन होता उनके लिए।

—हाँ मेरे माँ-बाप अच्छे हैं...पर समझ नहीं आता क्या करूँ...।

—करना कुछ नहीं है...प्यार तुम्हें इससे है नहीं अब। रही-सही कसर यहाँ रहते हुए पूरी हो गई...माँ-बाप को बोल दो लड़का ढूँढ़कर शादी कर दें।

—लड़का तो जैसे उनकी जेब में पड़ा है कोई!

बोलते-बोलते वह फिर झील की निस्सीमता को देखने लगी। उसे महसूस हुआ कि अँधेरे ने झील को छोटा कर दिया है। दूर से आता प्रकाश झील के ठीक ऊपर लगी रोशनी सा लगता है। अँधेरे भर झील और उसके पार आबाद अजमेर।

—पता है, सारी दिक़्क़त इस कोर्स की वजह से हुई। इधर आकर सारा रूटीन बिगड़ गया। मैं उसे समय ही नहीं दे पाई। हमारे बीच झगड़े बढ़ गए। झगड़े से मेरा मतलब बहस से है। वह इतना अच्छा आदमी है कि उससे किसी का झगड़ा हो ही नहीं सकता।

—फिर क्यों परेशान होती हो...शादी की जल्दी तुम्हें है नहीं। प्रेमी तुम्हारा इतना अच्छा आदमी है, उसके प्रति सम्मान भी बहुत है मन में तुम्हारे...रही बात समय न दे पाने की तो एक बार यहाँ से वापस जाओगी तो सब कुछ पहले वाले रूटीन में ढल जाएगा। चीज़ों को ठीक होने में देर नहीं लगती।

लड़की ने पता नहीं क्यों उसकी ओर जलती नज़रों से देखा और नीचे देखने लगी। उसे लगा फिर एक लम्बी चुप्पी आनेवाली है। इस समय चाहे लड़की के प्रेम का पोस्टमॉर्टम हो पर चुप्पी न हो।

—तुम उल्लू हो? तुम्हें क्या लगता है कि ये बातें मैं किसी और से नहीं कर सकती? और ये बातें करने के लिए तुम ही बचे हो?

—'?'

—उल्टी खोपड़ी, ये तुम हो जिसके कारण यह सब हुआ। इतने दिनों तक कोई मिला ही नहीं जिसे देखकर, जानकर यह लगा कि इसके साथ रहा

जाए। इसलिए शादी की ओर मैंने ध्यान देना भी बन्द कर दिया। लेकिन तुम्हें देखकर लगा कि इसके साथ रहा जा सकता है। एक तड़प जगी, पहली बार अच्छा लगा। इसी दौरान उधर से मेरा ध्यान भटका और चीज़ें खत्म होने लगी। इतनी रात गए यहाँ मैं तुम्हें यही बताने आई हूँ। लेकिन मेरी किस्मत देखो कि तुम भी शादीशुदा निकले...तुम्हें छोटी-छोटी चीज़ों में खुशियाँ तलाशते देखा, तुम्हें किसी खास क्षण को उसकी सम्पूर्णता में जीते देखा। इतना सब होने के बाद पता चला कि तुम शादीशुदा हो। तुम भी सिर्फ मेरे नहीं हो सकते!

लड़की बोले जा रही थी और शब्द इसके खत्म हो चुके थे। एक अफसोस-सा लड़की के चेहरे पर था। अब हवा भारी हो गई थी, पानी की गन्ध तेज़-तेज़ महसूस हो रही थी।

—अब बता दिया है तो भाव मत खाने लगना! कहते-कहते लड़की मुसकरा उठी।

—अब बोलो भी...ऐसे लग रहा है जैसे साँप सूँघ गया हो। अब तक तो बड़ा बाबा बूदन और महिषासुर की पत्नी वगैरह की कहानियाँ सुना रहे थे। अब चुप क्यों हो गए?

वह इस ताने के बाद भी नहीं बोला। उसके पास कहने को कुछ नहीं था। वह क्या कहे! आख़िर लड़की ही बोल पड़ी।

—ऊपर से ये लॉन्ग डिस्टेन्स।

लॉन्ग डिस्टेन्स की बात आते ही अब तक शब्दहीन पड़ा लड़का बोल पड़ा, लॉन्ग डिस्टेन्स मतलब?

—यही कि इनसान एक बार को पैंतीस की उम्र में प्यार कर भी ले, पर दूर-दूर रहकर उस प्यार का क्या मतलब!

—लॉन्ग डिस्टेंस सम्बन्ध के प्रति हमारे इस तरह के दृष्टिकोण से मुझे आपत्ति है। हम दूरी का ख़याल केवल प्यार वाले सम्बन्ध में ही करते हैं। बाकी के रिश्तों से भी तो हम दूर ही रहते हैं। तुम नौकरी की वजह से कहीं रह रही हो, तुम्हारे भाई और बहन अपनी-अपनी वजहों से अन्यत्र रह रहे हैं। तुम सबने अपने माँ-बाप को छोड़ दिया। वे भी तो दूर हैं तुमसे। सेक्स

हटा दो तो कौन-सा प्यार है जो उनके प्यार की बराबरी कर ले! भाई-बहन बचपन में ख़ूब झगड़ते हैं और फिर अलग-अलग परिवार बसा लेते हैं उस प्यार की दूरी के बारे में हम क्यों नहीं सोचते?

—कहना क्या चाहते हो?

—यही कि हमारा समय लॉन्ग डिस्टेंस का ही है। इसी के बीच से प्रेम के लिए वक्त और जगह तलाशनी पड़ेगी। दूरी तो रहेगी लेकिन इसकी वजह से प्रेम को स्थगित नहीं किया जा सकता है।

—तुमने चीज़ों को सुलझाने के बजाय उलझा दिया...यही सीख रहे हो कोर्स में?

जीवन के विस्तार में सबसे आसानी से मिलनेवाली अनचाही चीज़ है उलझन। उलझनें अमानवीय हैं, उन्हें मानव की सीमा को समझते हुए सरलता अपना लेनी चाहिए। वह उस पुरुषोचित आदिम चाह का शिकार हो रहा है, जिसमें सबको हासिल करने की बात निहित होती है। सब उसके लिए हो, वह सब चला लेगा, सबको सँभाल लेगा। एक शाश्वत प्यास में डूबना-उतरना शुरू कर दिया उसने। समझाइश की ज़रूरत तो उसे है। सुनते-सुनते वही भटक गया। कई सारे सवाल एक साथ उठकर सामने आ गए। जो भी हो, लड़की को उसके प्रति अपने भाव नहीं बताने चाहिए थे। वह शादीशुदा है, यह एक तथ्य है लेकिन सामनेवाली लड़की उसे चाहती है। इस चाह ने बड़ा आकर्षण पैदा कर दिया। वह उसे भरपूर नज़र देखता है। अस्थिर मन एक स्थिरता अनुभव करता है। लड़की ने अपना पैर झील की ओर लटका दिया। वह उसके पैरों की ख़ूबसूरती देखने लगा—क्या इसके प्रेमी ने इन्हें चूमा होगा? ये पैर झील पर पसरे सघन अँधेरे में कितने चमक रहे हैं, जैसे सफ़ेदे की दो टहनियाँ पानी छूने को आतुर हों। क्या इन पैरों को पता होगा कि यहाँ की हवा भारी हो चली है?

—मुझे क्या करना चाहिए?

—स्वार्थी होकर कहूँ तो तुम मुझसे प्यार कर लो...लॉन्ग डिस्टेंस आदि सब झेल लिया जाएगा लेकिन मुझसे प्यार करके तुम्हें कुछ मिलेगा

नहीं। तुम्हारी स्थिति में कोई परिवर्तन नहीं आएगा। सब कुछ वही रहेगा। तुम्हारे हारे-गाढ़े जिस तरह वह खड़ा नहीं होता है, मैं भी नहीं रहूँगा। ऐसा रहेगा जैसे किसी मास्टर का तबादला एक विद्यालय से दूसरे विद्यालय हो गया हो, बस इतना ही! शेष कुछ नहीं बदलेगा। मैं वैसे भी थोड़े दिनों तक तुम्हारे सामने हूँ, नज़र से ओझल होते ही, मैं बहुत दिनों तक तुम्हें याद नहीं रहनेवाला।

—यह तुम्हें कैसे पता...काश ऐसा हो जाता कि तुम नज़र से ओझल होकर यूँ हो जाते जैसे मैं तुमसे कभी मिली ही नहीं! मेरा मन लगातार यही सब सोचता रहता है, खिन्न रहता है, और सोचता रहता है कि कहीं कोई उपाय हो, जिससे यह सोचना छूट जाए।

—ऐसा है तो जीवन के नए अध्याय में प्रवेश करो।

—वह भी नहीं कर सकती। तुम्हारा शादीशुदा होना पर्याप्त वजह है मेरे लिए।

—जबकि अब तक तुम शादीशुदा के प्रेम में ही थी।

रात अब उस मुकाम पर पहुँच चुकी थी, जब लोगों का सड़क पर रहना सरकार के हिसाब से ठीक नहीं है। सरकार ने इसके लिए पुलिस के जवानों की तैनाती कर रखी थी जो न सिर्फ चाय-आइसक्रीम के ठीहे बन्द करवाते हैं, बल्कि अपनी मोटरसाइकिल दौड़ा-दौड़ा कर लोगों को भी झील की सीमा से बाहर करते हैं। उन्हें चौपाटी जन-शून्य चाहिए, सड़क पर टहलते हुए आप घर जाएँ या कुत्तों से जूझें आपका सरदर्द! एक पुलिसवाले की मोटरसाइकिल उनके पास भी रुकी।

—आप लोग अब घर चले जाओ।

पुलिस वाले के अनुसार वे एक घर के लोग थे, जैसे पति-पत्नी होते हैं। उन्होंने अपना घर से बाहर रहने का वक़्त जी लिया, अब उन्हें घर जाना चाहिए।

वह उसे घर तक छोड़ने गया। दाधीच निवास के बड़े से दरवाजे में वह प्रवेश कर जाती, उससे पहले उसने पूछ लिया।

—तो इस पूरी बातचीत में मेरे लिए कुछ नहीं था?

—नहीं! इसे इसी तरह देखना ठीक है कि मैंने तुम्हारे तीन घंटे खराब कर दिए। उसके लिए माफी चाहूँगी और शुक्रिया कि तुमने मेरे लिए वे तीन घंटे निकाले।

वह हॉस्टल की ओर लौट रहा था, उसे सड़क की धूल और सघन महसूस हो रही थी। मोर दिन-भर साँपों के पीछे पड़े रहते हैं, वरना इस खराब वक़्त में एकाध वे भी निकल ही आते। कहीं से खिन्नता लिए लौटना बहुत भारी होती है। अपने भीतर का कोहराम उसे दे गई। यह कब तक उसके साथ रहेगा, नहीं पता। उसके भीतर के वर्तमान उचाट का कोई एक कारण नहीं दिख रहा है लेकिन उन कारणों के पीछे वही लड़की है।

बगल के कमरे में रहनेवाला रजनीश उसे हिला रहा था। इसी क्रम में उसकी नींद खुली थी।

—भाई कितनी गहरी नींद सो गए थे, कम से कम दरवाजा तो बन्द कर लिया करो...किसी दिन बिस्तर पर साँप आ गया न तो सब शाम के अँधेरे का आनन्द लेना निकल जाएगा!

—खाना आ गया क्या?

यह सवाल निरर्थक था। उसके कमरे की खिड़की से दो चीज़ें बख़ूबी आती है एक तो संडास से उठती पेशाब की गन्ध, दूसरी मेस की रोशनी। यह पता नहीं किस तरह हुआ कि उसे खाना खाकर बाहर किसी से मिलने जाना है याद ही नहीं रहा! वह खाना छोड़कर बाहर राजू की चाय की दुकान की ओर लपका।

तलईकुत्तल

एलीकुट्टी—चूहे का बच्चा।

वह जीवन भर सोचती रही कि उसके बाप ने उसका यह नाम क्यों रखा और पता भी चला तो अब! वह चूहे के बच्चे जितनी निरीह है अभी। फ़र्क़ इतना कि उन गुलाबी नाजुक जीवों को न तो अपना पता होता है, न ही आँख न खुलने की वजह से बाहर की दुनिया का। उन्हें कोई कव्वा उठाकर अपना आहार बना सकता है और यह कौवे की चोंच में समा नहीं पाएगी। आँखें कब मुँद जाए और उसके बाद सदा के लिए खुलें ही न! वह जोर लगाकर अपनी आँखें खोले हुए है, जैसे आँख बन्द होते ही वह खत्म, जैसे शरीर की सारी ताकत आँख और उसके आस-पास आ गई हो। हालाँकि जैसे भाँग के नशे में होता है, ठीक वैसे ही उसकी पलकें देखनेवालों को अधमुँदी ही दिख रही हैं। उसे अपने सामने लोगों की धुँधली छवियाँ ही नजर आ रही हैं पर भीतर के दृश्य साफ़ हैं। वह जहाँ पहुँच गई है वहाँ रहना नहीं चाहती, बल्कि यहाँ तक आना भी नहीं था उसको। कोई भी नहीं आना चाहेगा। इस भरे घर में इन्तज़ार भरा हुआ है, वह तसल्ली चाहती थी। ज़िन्दगी खामोश और थके कदमों से भारी होकर बैठी है, उसके पास चेहरे के भाव ऐसे कि न चाहते हुए उसे जाना हो दूर।

...अँधेरा पूरी तरह से छँटने ही वाला था, जब वह सोकर उठी थी। यही एक समय था जब इनसान गर्मी से थोड़ी राहत महसूस कर सकता था, वरना चमड़ी जलाकर राख कर देनेवाली गर्मियों के दिन हैं अभी। वैसे भी बहुत कम बारिश होती है, ऊपर से इस साल एक बूँद पानी नहीं टपका

है आकाश से। बचपन से अब तक इसी समय में जागती रही। इतनी सुबह को किए जानेवाले काम बदलते रहे लेकिन उठने का समय नहीं बदला। हर दिन वह एक बेचैन और बची हुई नींद के बीच अपनी आँखें खोलती है। उस समय से डरावना कुछ नहीं है उसकी ज़िन्दगी में। वह किसी न किसी के सोने की कीमत चुकाती रही जैसे सभी स्त्रियाँ चुकाती हैं, कभी भाई के तो कभी बाप के फिर हमेशा के लिए पति के! स्त्रियों की नींद भी अपनी नहीं होती! धुँधलके में दिखना मुश्किल होता है, पर रोज की तरह उसे वही दिख रहा था, अपने घर की जर्जर सीमा। ये नारियल के पत्ते और बाँस नहीं होते तो वह घर किसे कहती। उसके घर में कोई ईंट नहीं लगी, न ही सीमेंट न ही लोहे की छड़ें, जिनका विज्ञापन बलवान दिखनेवाले अभिनेता करते हैं। वह अपने घर को रोज़ ही देखती है। बचपन से ऐसे ही घर देखती आई थी और आस-पास भी इन्हीं सामग्रियों से बने घर हैं, जिनमें इतने ही विपन्न लोग रहते हैं। कोई-कोई अपनी इस स्थिति पर अफसोस करते होंगे लेकिन उन्हें अपने घर की कीमत नहीं पता। इस दौर में एक तबका ऐसा उभरा है, जिसे इस तरह की ग्राम्य और सहज चीज़ों से बहुत प्यार है! ये घर न सिर्फ पर्यावरण के अनुकूल हैं बल्कि 'मिनिमलिस्टिक' भी हैं! उस तबके के लिए ऐसे घर तैयार किए जाते हैं, फिर वे उनमें अपना कुछ वक्त बिताकर लौट जाते हैं, सीमेंट—छड़ वाली प्रदूषण भरी दुनिया में! वह भी कोई दुनिया है भला! एलीकुट्टी रोज़ ही उनकी दुनिया देखती है लेकिन अपनी दुनिया से चलकर अपनी ही दुनिया में लौटना होता है उसे। सूरज के निकलने से पहले के अँधेरे में नारियल के पत्तों के खिसक जाने से जो छेद बनते हैं वे रोशनी बढ़ने के साथ बन्द होने लगते हैं, तब तक छोटे से आँगन में झाड़ू फिर जाता है, उबलते पानी में वह चाय की पत्ती गिरा आती है। अब वह चाय लेकर बैठेगी? नहीं, वह उस मरदूद को चाय देकर अपनी साइकिल पर टोकरी लगाने लग जाएगी। बीच-बीच में चाय के घूँट भी ले लेगी। चाय में है ही क्या सिवाय पत्ती के। मरदूद उसका पति है, जिसे इस उम्र में भी जिम्मेदार होना नहीं आया। कभी मजदूरी मिल गई तो मिल गई, वरना एली

के लाए पैसों से शराब पीकर जीनेवाला इनसान है। दुनिया से कोई खास मतलब उसे नहीं है, न ही अपनी बीवी से। शुरू में शरीर चाहिए था उसे, पर अब तो खँखड़ बुढ़ापा है। अब एक-दूसरे को लेकर न तो स्वीकार है न ही अस्वीकार। रोज़मर्रा की गतिविधियाँ तो हैं लेकिन उनके भीतर अलगाव की अविरल धार निरन्तर बहती है। एक दूसरे के प्रति अक्रिय रहने की लम्बी आदत हो गई दोनों को। वह खाँसता रहे तो भी एली अब उसे पानी नहीं देती। न ही वह उसकी साइकिल का पंचर ठीक करा लाने की जहमत उठाता है। हुआ शायद ऐसा ही हो कि पहले उसने एली की साइकिल ठीक कराने की जहमत न ली हो! साइकिल ही क्यों, उसने तो किसी तरह की जिम्मेदारी नहीं ली। भला हो बच्चे नहीं पैदा हुए, वरना उनसे भी उसकी यही निस्संगता होती। बेकार और नाकारे आदमी की दुनिया से भले ही बहुत अपेक्षाएँ हों, पर वह दुनिया को ठेंगे पर रखता है। दोनों के बीच की करुणा कुओं के पानी की भाँति सूख चुकी है। यदि बची होगी तो वही नारियल के जर्जर पत्तों की तरह जो जरा से धक्के से टूट जाए। दोनों को ही इस स्थिति से कोई अन्तर पड़ता दिखाई नहीं देता।

साइकिल पर टोकरी बाँधने के बाद उसने उबलते पानी पर कपड़ा बाँधकर चावल और उड़द की दाल के घोल को कपड़े पर डालकर ढक दिया। देगची में दो दिनों से एक ही पानी उबल रहा है। आज यदि पानी नहीं मिला तो इडली बनाने भर को भी पानी नहीं बचेगा। जब से कुओं का पानी सूखा, तब से सरकार रोज़ एक टैंकर भेजती है इस गाँव में लेकिन दो दिनों से वह भी नहीं आया है। वह देगची के ऊपर पड़ा ढक्कन उठाती है। बन्द पड़ी भाप का एक गुबार उठता है। सुबह की हवा में भाप दिख भी रही है, वरना दिन की चौंधिया देनेवाली रोशनी में दिखना भी मुश्किल। इडली में एक सींक घुसाकर इडली के कच्चेपन का अन्दाज लेने के बाद वह देगची उतार देती है। देगची हल्की हो चुकी है, पानी बहुत कम बचा है। पानी की बची हुई गर्माहट में इडलियाँ पक जाएँगी। वह इडली रखने के लिए केले के पत्ते गरम करने लग गई।

—आज पानी का टैंकर आए तो दो बाल्टी पानी भरकर रख लेना...मेरे लिए नहीं तो कम से कम अपने लिए, वरना कल से इडली भी नहीं मिल पाएगी।

साइकिल की मूठ पकड़े-पकड़े एली ने यह बात कही थी। भीतर बैठे पति ने उस पर कोई जवाब नहीं दिया जैसे उसने सुना ही न हो या फिर हवा में बात कह दी गई हो। उसे पता था कि उत्तर नहीं आएगा लेकिन टैंकर आया तो पानी भरकर रख देगा वह आदमी। उस आदमी का स्वार्थ पता है उसे। बाहर इडली खाने के पैसे लगते हैं।

वह अपनी साइकिल पर बैठकर थके हुए कदमों से पैडल मार रही थी। उसे नहीं पता कि उसके राज्य के एक लेखक पी. साइनाथ ने तमिलनाडु की महिलाओं के साइकिल चलाने को उनकी आजादी और मज़बूती से जोड़कर देखा था। एली कहीं जाने-आने के लिए किसी पर निर्भर नहीं है, बूढ़े और थके आबनूसी पैर बेशक अकड़ जाएँ! गाँव की सीमा से बाहर आते ही रोशनी चौंधियाती हुई उसकी आँखों में घुसने लगी। नतीजतन उसकी आँखें सिकुड़ गईं कि कम से कम प्रकाश जा सके और धूल भी। कोयले में धीमे-धीमे पकड़ती आग की मानिन्द गर्मी बढ़ने लगी थी। जिधर देखो उधर जीवन की शुष्कता फैली है फिर भी जीवन सरकारी बस की तरह चलने को विवश। अभी भाग-दौड़ शुरू नहीं हुई है। थोड़ी ही देर में सड़क पूरी तरह से भर जाएगी। सबको मदुरै शहर जाना है। काम करनेवालों का नियत समय होता है। वे अपने तय वक्त पर ही निकलते हैं, पर जिनका अपना काम है उन्हें पहले निकलना पड़ता है। अपने काम वालों की वजह से सड़क पर चिल्ल-पों नहीं मचती, जबकि एक ही समय में एक साथ बाहर काम पर निकल आए लोग आसमान सर पर उठा लेते हैं। उसे फूल-मंडी जाना है। उससे पहले वैगई का पुल पार करना है!

एक चील आसमान की ऊँचाई में निर्बाध चक्कर लगाते-लगाते नीचे उतरने लगी है। वह मँडराते हुए अपना शिकार चिन्हित कर रही है फिर तेज़ी से झपटकर उठा ले जाएगी अपना खाना। एली साइकिल से उतरकर लगभग धक्का देते हुए साइकिल को पुल पार कराने लगी। वैगई नदी मदुरै शहर के

बीचोंबीच कभी-कभी बहती है। फिलहाल सूखी पड़ी है। बीच में जो पानी जैसा तरल दिख रहा है वह पानी नहीं है शहर-भर का मल है। गर्मी इतनी है कि मल की गन्दी धारा भी सूखकर काँटा हो गई है। जबकि यह नदी द्रविड़ सभ्यता की केन्द्र रही। इधर इसके किनारे-किनारे नए सिरे से खुदाई भी हो रही है। इस सूखी नदी को पार करनेवाला पुल लोगों के लिए नहीं, बल्कि गाड़ियों के लिए बनाया गया है। शहरों के पुल ऐसे ही होते हैं। काफी दूर से ही ऊँचे उठने लगते हैं और बीचोंबीच पहुँचकर उतरने लगे हैं। गाड़ियाँ तो तेल और बिजली से चलती हैं लेकिन इनसान कैसे चढ़े, कैसे तो खींचे साइकिल, ठेले और रिक्शा! ठेले को धक्का देनेवाले मोटरसाइकिल सवार तो मिल जाते हैं पर एली को अपनी साइकिल स्वयं घसीटनी है। पता नहीं शरीर में इतना पानी कहाँ से आ जाता है कि पुल पर चढ़ते-चढ़ते उसकी पीठ और चेहरे पर पसीना दिखाई देने लगता है। उम्र के इस पड़ाव पर दर्द का झलक जाना तो उसे समझ आता है लेकिन इस सूखे में उसके चेहरे पर पानी आ जाना पानी की बर्बादी है। वह पुल के किनारे को पकड़कर रुक जाती है। हाँफती ज़िन्दगी और मर चुकी नदी में कोई समानता हो सकती है क्या। नदी की सतह पर पड़ी बिवाइयाँ उसके पैरों की दरारों की तरह पिराती होगी। यह वक्त अपनी साँसों को नियंत्रित कर आगे बढ़ने का है। फूलों का बाजार धूप के तेज़ होने से पहले उठने लगता है। पुल के बीचोंबीच पहुँचकर एली साइकिल पर बैठ गई। उसके जीवन का सबसे ख़ूबसूरत पल यही होता है, वैगई नदी पर बने पुल की ढाल से बिना पैडल मारे साइकिल नीचे उतारना। यह उसे अपनी ज़िन्दगी की सबसे बड़ी जीत लगती है, वह आसमान की ओर देखकर छोटी-सी मुस्कान देती है।

केले के बाजार के बीच से वह अपनी साइकिल ले जाती। एक वक्त था, जब इस बाजार में दर्जन से ज़्यादा प्रकार के केले बिकते थे लेकिन अब मुश्किल से पाँच-छह किस्में ही मिलती हैं। पर बाहरियों के लिए यह संख्या भी ज़्यादा है। एली रोज़ उन्हें फ़ोटो लेते, वीडियो बनाते देखती है।

—तुम्हें कभी देर नहीं होती एली।

आढ़ती सतीश को कैसे समझाए, उम्र के अलावा देर की कोई वजह नहीं है उसके पास। और इस उम्र में भी वह मुरूगन की कृपा से साइकिल चला पा रही है।...देरी आलस से होती है और गरीब आलस नहीं कर सकता ऊपर से मैं तो स्त्री भी हूँ, जिसे कोई आलस करने नहीं देता! वह मुसकराकर फूलों को देखने लगती है। चारों ओर फूल ही फूल हैं। यह मंडी विभिन्न प्रकार के ताजे फूलों के लिए जानी जाती है। अलग-अलग जगहों से फूल यहाँ आते हैं लेकिन सबसे ज़्यादा फूल बंगलोर से आते हैं। कहते हैं उधर के किसान खेती इस तरह करते हैं कि अन्न नहीं फूल ही खाते हों। फूल मन्दिरों को जाते हैं, बड़े लोग घरों के लिए भी ले जाते हैं, पर सबसे ज़्यादा खपत है मोगरे की। मोगरे बालों में सजाने के लिए खरीदे जाते हैं। जो पहली बार आया हो, उसके लिए गुलाब, मोगरा, गेंदा आदि तराजू पर तुलते देखना एक अजीब अनुभव दे सकती है पर एली को नहीं। उसका रोज़ का काम है। उसे फूलों का सूखा मुँह तक पता चल जाता है। वह मोगरों की ढेरी में से हथेली भर फूल उठाकर देखती है।

—तुम्हारी बूढ़ी आँखों से फूल दिख जाते हैं एली?

—हाँ! उसी तरह जैसे तुम्हारी माँ को तुम्हारा चेहरा दिख जाता है।

बाजार में रहकर हाजिरजवाब बनना ही पड़ता है, वरना कब कोई मूर्ख बनाकर निकल जाए पता नहीं चलता।

फूल-मंडी से लौटकर एली को अपनी दुकान लगानी है। वह रोज मीनाक्षी मन्दिर वाला रास्ता लेती है। उसकी सालों से इच्छा थी कि उसकी दुकान मन्दिर के पास, ऐन सामने की सड़क पर हो कि हर आने-जानेवाला उसके फूल खरीदे। उसने बहुत कोशिश की लेकिन कभी इतना पैसा जोड़ ही नहीं पाएगी कि वहाँ की दुकान का किराया ही दे सके। वहाँ से गुज़रते हुए रोज़ वह उन दुकानों को देखती है। जिनके फूल खरीदकर लोग मन्दिर में जाते हैं। बाहर से आनेवालों को औने-पौने भाव पर फूल बेचते हैं ये लोग। लोग भी एक बार की खरीद का सोचकर ले लेते हैं। ये फूल वाले फ्री में चप्पल रखने के नाम पर लुभा लेते हैं उन्हें, जबकि पुलिस वाले खुद अपनी निगरानी में चप्पल

रखवाने की व्यवस्था करते हैं। ये दुकानदार फिर फूल ही नहीं, बल्कि सड़े हुए नारियल तक बेच डालते हैं। इतनी भीड़ रहती है कि किसी को कुछ भी पता नहीं चलता। वह मुश्किल से अपनी साइकिल निकाल रही है। ज्यों-ज्यों मन्दिर पीछे छूटता है, भीड़ कम होती जाती है लेकिन गाड़ियों का शोर बढ़ता जाता है।

उसकी साइकिल एक चौराहे पर आकर रुकी है। चौराहे पर एक पुरानी मूर्ति है रामराजू नाम के किसी नेता की। इस छोटे से चौराहे के गुमनाम होने की पूरी सम्भावना है उस नेता की तरह। मदुरै के मीनाक्षी मन्दिर से किसी तरह का सम्बन्ध नहीं है उस चौराहे का, जो एली के फूल ज़्यादा कीमत पर बिक जाएँ। उसे तो बस आस-पास से गुज़रनेवाली महिलाओं का ही सहारा है जो अपने बालों में लगाने के लिए उसका फूल खरीदेंगी। उनमें से ज़्यादातर जानी-पहचानी हैं। एली की दुकान इसी भरोसे चलती है कि बालों में फूल लगानेवाली स्त्रियाँ सुन्दर दिखने लगती हैं, उनके बालों में लगे नारियल तेल की पुरानी गन्ध मोगरे की खुशबू में दब जाती है जो उनके साथियों को भी भाता हो। साइकिल किनारे खड़ी कर एली अपनी टोकरी उतारती है फिर एक पत्थर के बँधे डंडे के सहारे अपना छाता बाँधकर उसकी छाया में बैठकर फूलों का लम्बा गजरा बनाने लगी। यह लम्बा गजरा बनता रहेगा जब तक कि सारे फूल खत्म नहीं हो जाते। इसी लम्बे गजरे से काट-काटकर बेचती रहेगी एली दिन-भर।

—दिव्याश्री, कपड़ा उठाकर फूलों को मत देखो...मैं कभी खराब फूल नहीं लाती...खुले में फूल सूख जाएँगे और मेरी कमाई मारी जाएगी...कैसी गर्मी है, देख ही रही हो।

—अम्मा गर्मी तो सच में बहुत ज़्यादा है...इस बार तो पानी बरसने का नाम ही नहीं ले रहा है...मदुरै के सारे पेड़ सूख जाएँगे इस बार।

—तुम्हें पेड़ों की पड़ी है! मेरे घर में आज पानी नहीं आया तो इडली बनाने के लिए भी पानी नहीं है।

—पर अम्मा तुम्हारे उधर तो सुना है पानी के लिए यज्ञ हो रहा है... देवता खुश होकर वर्षा से खेत खलिहान भर देंगे...।

—बेटी, जिनके खेत हैं, देवता भी उन्हीं के हैं। उनके देवता उनकी बात सुनकर उनके लिए पानी बरसाएँगे। यज्ञ से हमें क्या फायदा!

अब तक दिव्याश्री अपना गजरा पा चुकी थी। रोज आनेवाले ग्राहक ही इतनी बात कर पाते हैं, वरना राह चलते ग्राहक को क्या मतलब!

एली जिस बात से बच रही थी वह फिर से खुल गई। पानी के लिए कीलड़ी में यज्ञ हो रहा है। धनी लोगों का गाँव है, उनकी जमीनें हैं। उधर ही खुदाई भी हुई है, जिसमें प्राचीन काल के अवशेष मिल रहे हैं। सरकार का एक मंत्री उसी गाँव से है। उसी के परिवार वाले यज्ञ कर रहे हैं। उनकी जमीन ज़्यादा है, अपनी आनेवाली फसल की चिन्ता में वे यज्ञ करवा रहे हैं लेकिन गरीब लोग पता नहीं क्यों यज्ञ के नाम पर बेगार कर रहे हैं! वे इतना क्यों नहीं समझते कि देवता प्रसन्न होगा तो बारिश सबके लिए होगी और केवल यज्ञ में शामिल लोगों के लिए बारिश हुई तो ऐसे देवता को मानना निरर्थक! कल वहाँ पर मंत्री भी आनेवाला है। हर चीज़ जैसे कीलड़ी ही जाना चाहती हो। एली को अपने काम से काम रखना है बस आज टैंकर आ जाए और पानी मिल जाए उसे।

दिन ढलना एक रोज घटनेवाली घटना है, उसी तरह नियत समय पर एली का अपनी दो इडलियाँ निकालकर खाना। खाने का उसे कोई शौक नहीं रहा, इससे उसका बहुत सारा समय बच जाता है, वरना सुबह उठकर साँबर-चटनी बनाने में ही उसका बहुत सारा समय बर्बाद हो जाता है। इडली पर बाजार से खरीदी गई सूखी चटनी डालती है और काम तमाम जैसे कोई खीरे पर नमक बुरककर खा जाता है। केले के पत्ते को कूड़ेदान में डालकर वह अपनी जगह पर आकर बैठ गई। धूप अपना रंग दिखाती जा रही है, चमड़ी जैसे झुलस जाए। ऐसे में लोग अपने घरों से निकलने में कतरा रहे हैं। यह समय तमाम जगहों पर आराम का होता है लेकिन एली अपनी साइकिल घसीटकर घर जाए और फिर बचे हुए फूल बेचने आए यह असम्भव है। इसीलिए रोज़ इतनी तेज़ धूप में भी इसी छाते के नीचे बैठी रहती है गर्मी के कम होने तक। कोई भूली भटकी ग्राहक आ भी जाती है लेकिन उसका यह समय ऊँघने में ही बीतता है। छाते के नीचे उसका अस्तित्व कितना कमजोर

लगता है। दुबली-पतली बूढ़ी औरत, जिसके चेहरे की मांसपेशियाँ जरा भी पानीदार नहीं हैं। वे हड्डियों से चिपकी पड़ी हैं। मुँह खोलकर ऊँघती हुई एली सचमुच किसी चूहे-सी लग रही है, जिसे खींचकर बड़ा कर दिया हो। सड़क पर गाड़ियों के पीछे उड़ती धूल और इस स्त्री में कितनी तो समानता है। इनकी किसी को परवाह नहीं। किसी दिन यह अपनी जगह पर नहीं आई तो चौराहा रुक नहीं जाएगा। यह वही चौराहा है, जिस पर लगी रामराजू की मूर्ति कुछ सालों में भग्नावशेष की गति पा जाएगी और किसी को कोई फरक नहीं पड़ेगा। यह फरक न पड़नेवाला समय है, जिसमें चकाचौंध और क्षण में जीने के भाव भरे हैं। जहाँ-जहाँ चमक नहीं है, या चमक की सम्भावना नहीं है, वे सब अर्थहीन हो चुके हैं और यह रुकने का नाम नहीं ले रहा है।

एली की साइकिल गोलम्बर को पार कर, पैदल पार पाठ के नीचे से जाते हुए फसल में लगनेवाले कीड़ों से बचाव की दवा के विज्ञापन वाली दीवार को पार करते हुए जा रही है। उसे बायपास रोड पार करते हुए वैशाली अस्पताल के आगे का चक्कर काटकर उसी रास्ते पर चढ़ना है, जहाँ से हर रोज़ वह फूल लेने मंडी जाती है। फिर से वैगई का पुल आएगा लेकिन शाम को कभी उसके पास इतना वक्त नहीं रहा कि वह नदी की दशा पर अफसोस कर सके, जबकि नदी अब भी उतनी ही मरी हुई है जितनी सुबह थी। दिन की तेज़ धूप ढल चुकी थी लेकिन गर्मी जैसे जले हुए सूरज की राख के साथ नीचे बरस रही थी। विशाल निर्धूम अग्निकुंड, जहाँ से निकल भागने से भी मुक्ति नहीं थी। जहाँ-जहाँ सूरज छाया के पीछे छिप चुका था, वहाँ मकान धूप की सोखी हुई गर्मी छोड़कर उसका काम पूरा कर रहे थे। उन दीवारों पर कोई पानी फेंके तो छन्न की आवाज़ करते ही पानी तुरन्त उड़ जाएगा पर इस किल्लत में पानी फेंकेगा कौन! पानी के ख़याल ने एली को बेचैन कर दिया। उसके पैर पैडल पर तेज़-तेज़ पड़ने लगे जैसे उसे घर जाने की जल्दी हो। उसे आशंका थी कि उसका पति यदि पानी न ले पाया हो तो क्या होगा। क्या पता टैंकर देर से आए और पति शराब की दुकान में ही दुबका पड़ा हो या किसी से एक चुल्लू दारू माँगने के लिए खड़ा हो। इसलिए वह

जल्दी से मौके पर पहुँच जाना चाहती थी। सूरज नीचे जाने लगा है, मकानों की छाया लम्बी हो रही है। रास्ते पर कुछेक पेड़ बचे हैं उन पर पक्षी लौट रहे हैं। पानी की कमी ने उसके भीतर डर भर दिया था।

वह जब अपने घर पहुँची उसकी साँस चढ़ने लगी थी, पाँव में अकड़न भी थी लेकिन साइकिल तेज़ चलाना ज़रूरी था। मुँह के भीतर थूक सूख चुका था और शरीर की गर्मी उसे बाहर महसूस हो रही थी। रोज़ की भाँति उसका पति घर पर नहीं था। बिल्ली जैसे दूध के बर्तन की ओर देखती है, वैसे ही उसने सूखी पड़ी बाल्टी में पानी टटोलने की कोशिश की। घर में एक बूँद भी पानी नहीं था। गर्मी, प्यास और पानी की गैरमौजूदगी ने उसका गुस्सा बढ़ा दिया लेकिन अकेले घर में किस पर गुस्सा करे वह। वह पानी की उम्मीद में पड़ोसी के यहाँ चली गई। पानी वहाँ भी नहीं था। उन नाउम्मीद क्षणों में उसने अपने पति को कोसा तो पड़ोसन ने असली बात बताई।

—जब तक यज्ञ चल रहा है सारे टैंकर उधर ही जा रहे हैं...वेलु बता रहा था, अगले दो दिनों तक ऐसा ही रहेगा।

—कौन, टैंकर वाला वेलु?

—हाँ। उन सबको वहीं पानी ले जाने का हुक्म है। उन लोगों का तो अच्छा ही है। हमारे गाँव में पानी देने में उसका आधा दिन निकल जाता था, अब सीधे टैंकर वहाँ ले जाकर खड़ी कर देता है।

—चलोगी?

—कहाँ?

—जहाँ वेलु का टैंकर खड़ा होगा...बिन पानी के तो हम सब मर जाएँगे।

—पागल है तू...वहाँ हमें कोई पानी लेने देगा भला! इतने लोग चुप बैठे रहेंगे क्या?

—बिना पानी के जी लेगी?

एली की सूखी आँखें पड़ोसन के चेहरे पर थी। प्यास से भले व्याकुल न हो लेकिन पानी उसके घर भी नहीं था। सबका पानी यज्ञ की जगह पर जा रहा है, बहुत से लोग आए हैं उनके वास्ते। जिनका पानी है वे प्यासे मर

रहे हैं, किसी को इसकी चिन्ता नहीं। चिलचिलाती धूप भले ही बीत चुकी हो लेकिन उसका प्रभाव खत्म नहीं हुआ है। एली का गला सूख रहा था। उसे रोना आ रहा था लेकिन रोने से काम नहीं चलनेवाला था। वह तीर की गति से अपने घर गई और पानी की बाल्टी उठाकर यज्ञ वाली जगह की ओर चल दी। पीछे से उसकी पड़ोसन भी आ गई। ज़रूरत का ही कमाल था कि बस्ती की सात-आठ स्त्रियाँ उनके साथ हो ली। रंग-बिरंगी प्लास्टिक की बाल्टियाँ थामे वे कीलड़ी की ओर बढ़ी जा रही थीं। ऐसा लग रहा था, जैसे कोई दल अपनी बाल्टियों की आहुति देने जा रहा हो।

कीलड़ी से बाहर एक जगह ऊँचाई पर यज्ञ का मंडप बना था। आस-पास के लोगों का भारी जमावड़ा था, उन लोगों के बीच आपसी वैर होगा लेकिन वहाँ का सामंजस्य अलग ही था। मंडी से लाए गए फूलों से मंडप को सजा रखा था। एली की रुचि इन सबमें नहीं थी। उसे अपना लक्ष्य दिख रहा था, मंडप के दूसरी ओर। दो टैंकर खड़े थे और वहीं एक चल शौचालय खड़ा था। हाजतमन्द टैंकर से पानी लेकर शौचालय जा सकते थे। वेलु के ट्रक का पानी यानी एली की बस्ती का पानी टट्टी धोने के काम आ रहा था और उधर गाँव पानी के लिए व्याकुल! उसने अपनी पहचान के एक व्यक्ति से बाल्टी भर पानी माँगा। इस बीच स्त्रियों के इस दल को देखकर यज्ञ करवानेवाले परिवार का एक सदस्य भी आ गया। पानी की माँग सुनते ही बिफर पड़ा।

—जब तक यज्ञ हो रहा है तब तक किसी को पानी नहीं मिलेगा...तुम लोग पानी का कोई और इन्तजाम करो। इसके लिए मंत्री जी ने पहले ही पर्मिशन ले ली थी...इस यज्ञ से जो बारिश होगी वह केवल हमारे परिवार के लिए होगी? फल सब खाओगे तो त्याग भी सबको करना पड़ेगा!

—साब ज़िन्दा रहेंगे तब तो फल खाएँगे...प्यास से मर जाएँगे हम। हमारे मरने के बाद बारिश हो या सूखा पड़े हम तो देखने नहीं आएँगे न।

एली अपनी बात रख चुकी थी।

—पानी किसी को नहीं मिलेगा चाहे कुछ भी हो जाए...यहाँ बड़े-बड़े लोग आ रहे हैं, कल तो स्वयं मंत्री जी आनेवाले हैं...तुम लोग जाओ यहाँ से।

—पानी तो हम लेकर जाएँगे...।

कहते हुए एली पानी के टैंकर की ओर बढ़ गई। यज्ञ की वेदी से मंत्रोच्चार की आवाज़ आ रही थी लेकिन सबका ध्यान इस ओर हो गया था। एली के साथ-साथ बाकी स्त्रियाँ भी उस ओर लपकीं। एली ने अपनी बाल्टी लगाई ही थी कि पीछे से किसी का हमला हुआ। स्त्रियों ने बचाव का घेरा बनाया तो कई लोग आ गए, जिनमें स्त्रियाँ भी थीं। भगदड़ मच गई। किसी ने उसे खींचा था, शायद एली फिसल गई। उसके बाद क्या हुआ, उसे नहीं पता। वह जमीन पर औंधी पड़ी हुई थी, कमर के पास तेज दर्द। उसने उठने की कोशिश की पर उठा नहीं गया। प्यास, थकान और दर्द के मारे उसकी आँखों के आगे अँधेरा छा रहा था। उसकी आँखें अपने-आप बन्द हो रही थी जैसे वर्षों की थकान उतर आई हो उनमें...

उसे अस्पताल में ही होश आया। उसके साथ गई दो और स्त्रियों को चोटें आई थीं। कमर में गम्भीर चोट आई थी। उसे हिलने से मना किया गया था। उसने अपनी आँखें खोली तो अपने पति को पास पाया। पीड़ा में भी उसके चेहरे पर मुस्कान आ गई। उसका पति अकेले नहीं आया था, गाँव और आस-पास के कई लोग आ गए थे। असल में मंत्री के गाँव हो रहे यज्ञ का हाल देने के लिए कुछ पत्रकार वहाँ मौजूद थे, इसलिए भगदड़ और उसमें हुई हिंसा की खबर फैलते देर नहीं लगी थी। बताया गया कि स्वयं मंत्री जी यज्ञ की जगह जाने से पहले यहाँ आएँगे। एली को इन सबमें अपनी बस्ती की पानी की समस्या का अन्त नज़र आया। उसने सोचा मंत्री जी उससे तो ज़रूर मिलेंगे फिर वह अपनी बात कह देगी। सबके सामने मना थोड़े ही कर पाएँगे मंत्री। इससे पहले वह जब भी अस्पताल आई थी, उसे खास तवज्जो नहीं मिली। क्यों ही मिलनी थी! पर अभी इतनी गहमागहमी में भी सब उसे पूछ रहे हैं। पर दर्द! मंत्री के परिवार वाले आकर उसे तरह-तरह की बात समझाने लगे कि मंत्री के सामने ज़्यादा कुछ बोलने की ज़रूरत नहीं है वगैरह। परिवार वाले मंत्री की इज़्ज़त खटाई में नहीं पड़ने देना चाहते थे।

अगली सुबह मंत्री के आने से पहले हलचल बढ़ गई थी। उसके पति ने पास आकर समझाया कि घर में दो नई बाल्टियाँ आ चुकी हैं, वेलु रोज़ पानी भर जाएगा और इलाज का खर्च मंत्री का परिवार देगा। इसलिए उसे ज़्यादा चिन्ता नहीं करनी चाहिए। मंत्री ने अस्पताल का दौरा किया, यह खबर थी। खबर यह भी थी वे मरीजों से मिले और उनका हाल-चाल लिया पर यह कहीं नहीं कहा गया कि देखा भर! हाल-चाल लेने के लिए बात करनी पड़ती है जो उन्होंने नहीं की। हाँ एली के पति को बुलाकर ज़रूर कुछ कहा फिर चलते बने। स्त्री के बदले पुरुष से बात करके चले जाना, वह भी उस पुरुष से जो मरीज भी नहीं है, एली को बड़ा खटका। इतना दर्द, इतनी तकलीफ है और ये झूठ। दुनिया भर की चिढ़ और उपेक्षा उसके चेहरे पर उमड़ आई थी। यह एक तरह से उसके संघर्ष का अपमान था लेकिन उधर ध्यान देनेवाला कोई न था। मंत्री खबर में आकर चले गए किसी और खबर में शामिल होने और एली की दुनिया फिलहाल वहीं रह गई अस्पताल के बिस्तर पर।

जिस तेज़ी से अस्पताल ख़बर में आया था, उसी तेज़ी से ग़ायब भी हो गया। ठीक उसी तरह से एली की तीमारदारी भी प्रभावित हुई। कभी कोई नर्स आ जाती तो आ जाती। डॉक्टर तो मंत्री के जाने के बाद से आया ही नहीं कोई। गैरों की क्या कहें जब एली का पति भी रात भर ग़ायब रहने लगा। दिन में कभी आता कुछ खाने को दे जाता और फिर चला जाता। टट्टी-पेशाब के लिए वह लोगों पर निर्भर हो गई। कोई दयावान पकड़कर उसे संडास तक छोड़ आता, नहीं तो घिसटते हुए जाना-आना होने लगा। एक दिन नर्स ने बोला कि पति को बुलाओ और घर चली जाओ। आराम करने से ही ठीक होगा। बुढ़ापे में कमर दर्द बड़ा खराब होता है। उसका पति दो दिन बाद नमूदार हुआ वह भी बदहवास हालत में। आते ही इस पर बिफर पड़ा।

—घर में कौन नौकर-चाकर बैठे हैं, यहीं रहो।

—मैं तो जाना भी नहीं चाहती, यहाँ कम से कम बिस्तर तो मिला हुआ है...किसी का आसरा लेकर टट्टी पेशाब भी चली जाती हूँ, घर पर तुम टिकते ही नहीं। वहाँ क्या मिलना है मुझे!

इस बात पर उसके पति को क्रोध आना ही था, आया पर नर्स उसे डाँटते हुए बाहर ले गई। काफी देर बाद लौटा तो एक अधेड़ ऑटो वाला भी साथ था। वह उसे घर ले जाने आया था।

घर पर एक-दो दिन सब ठीक रहा। पति पूरा दिन कहीं नहीं गया। एक-दो पड़ोसी भी मिलने आए। उनसे ही पता चला कि सभी घायलों को पैसे मिले थे। एली के पति को ज़्यादा मिले। एली जानती थी कि चाहे लाख रुपए भी मिले हों लेकिन वह एक पैसा नहीं देगा और सब दारू की भेंट चढ़ जाएगा। उसने पूछना भी ज़रूरी नहीं समझा। गर्मी अब भी बदस्तूर कहर ढा रही थी, हाँ पानी आ जाता था। उसका पति बाहर से खरीदकर दो बार इडली दे जाता फिर निकल जाता अपनी शराबी दुनिया में। दर्द था कि कम होने के बजाय बढ़ रहा था। ख़ुद रोज़ पन्द्रह किलोमीटर साइकिल चलाकर अपना रोजगार करनेवाली एली बिस्तर पर पड़ी टट्टी-पेशाब को मोहताज हो गई थी। लाचारी क्या होती है उसे देखकर समझा जा सकता था।

एक दिन वही अधेड़ ऑटो वाला उसके पति के साथ घर आया। उस रात उन लोगों ने घर पर ही शराब पी। एली के लिए भी कुछ खाना आया। बहुत दिनों के बाद अलग-सा खाना मिला था। बाद में पति ने बताया कि वे लोग उसे लेकर ऑटो वाले के गाँव जा रहे हैं। वहाँ एक बढ़िया डॉक्टर है, जिससे इलाज करवाने से उसका दर्द ठीक हो जाए। एली को अपने जीवन में उम्मीद की सख्त ज़रूरत थी। उसे वापस अपनी साइकिल उठानी थी, अपने ठीहे पर बैठना था। ठीहे की याद आते ही उसका मन तड़प उठा।

वे अगली सुबह उस गाँव की ओर निकल पड़े, जिसे एली ने कभी नहीं देखा था। उसका नाम कहीं किसी बातचीत में आया हो तो हो पर ऐसा कोई गाँव अस्तित्व में है, यह पता नहीं था उसे। अनजान के प्रति अज्ञानता रहती ही है। गर्मी और उसका कहर ऐसा कि अपनी बस्ती से ज़्यादा अलग नहीं लगा यह गाँव। ऊपर से उसका दर्द भी तो साथ था।

पति भी अनजान जगह पर कितना भटकता। चीज़ें ठीक होने की उम्मीद देती दिखने लगीं।

रात भर दर्द का असर रहा और उसे देर से नींद आई। अगली सुबह उठी तो उसके रिश्तेदार अपने आस-पास दिखे। उसे लगा कोई सपना देख रही हो। जो रिश्तेदार उसके घर नहीं आए, जिनसे मिले हुए बरसों हो गए, उन्हें देखकर खुशी हुई। लेकिन उसके ये सम्बन्धी अन्य गाँव में किसी और के घर पर उससे मिलने आए। सम्भव है कहीं किसी आयोजन में आए हों और उसके बारे में पता चला हो तो मिलने आए हों। उसके दर्द ने इतनी भी मोहलत नहीं दे रखी थी इस पर सोचा जाए।

पूरियाँ तले जाने की गन्ध उस तक आ रही थी। उसे अपने रिश्तेदारों को शुक्रिया कहने का मन हुआ। पूरी के साथ अलग-अलग तरह की सब्जी होगी, शायद पायसम भी हो। बीमार और दबा हुआ मन स्वादिष्ट भोजन को लेकर बेचैन हो उठा। पर हुआ इसके विपरीत! सब ने खाना खा लिया और एली को कोई पूछने भी नहीं आया। उसे लगा कि रिश्तेदारों की आवभगत में लोग भूल गए होंगे। उसने अपने पति को बुलाकर कहा तो पति का जवाब सुनकर उसका मन बैठ गया।

—कल तुम्हें देखने डॉक्टर आएगा और उसने तुम्हें कुछ भी खाने को देने से मना किया है।

उसके तन-बदन में आग लग गई लेकिन दर्द से बेचैन एली कुछ कर नहीं सकती थी। उसे भूखा ही रहना था।

दिन गुज़रने लगा। घर में चहल-पहल बढ़ गई। भूख और दर्द उसे परेशान किए जा रहे थे लेकिन उसके पास कोई और चारा नहीं था, सब झेलते जाने के। उसका शराबी पति बेहद शरीफ बनकर उसके रिश्तेदारों के बीच घूम रहा था। ताश और बातों के दौर चल रहे थे। उसे प्रतीक्षा थी सुबह की।

उस रात भी दर्द का वही दौरा आया पड़ा था। शरीर यूँ भी कमजोर था ऊपर से सेवा-परहेज की कमी फिर ये डॉक्टर के इन्तज़ार में भूखा रहना सब मिलकर उसकी पीड़ा बढ़ा ही रहे थे। अगली सुबह एली की नींद खुली

वह अचेत हो गई। सारे रिश्तेदार उसे घेरे खड़े थे। उसके पति ने उसके चेहरे पर जोर की थपकी दी जैसे उसकी ज़िन्दगी फिर से लौटी हो, उसने आँखें खोल दी। एक अनजान से दिखनेवाले आदमी ने उसकी ओर एक गिलास बढ़ा दिया। वह गोबर का घोल था! भूखी-प्यासी एली गटागट पी गई। इस बीच उसके शरीर पर ठंडा पानी डालना जारी रहा। दर्द, ठंड और कमजोरी ने उसे फिर से अचेत कर दिया। जोरदार कै की वजह से वह होश में आई और देखते-देखते चार पाँच उल्टियाँ हो गईं।

सब उसके पास से हट चुके थे। सम्भवत: उसे भयंकर बुखार चढ़ गया हो, गोबर की वजह से पेट में इन्फेक्शन हो गया हो, कमजोर तो थी ही। बाहर यही सब कहा जाएगा।

एलीकुट्टी होश में थी या बेहोश या मर गई थी उसे नहीं पता पर वह आख़िरी बार अपने पति को देखकर थूकना चाह रही थी! छुटकारा पाने का यह तरीका ढूँढ़ा उसने...!! वैगई का पानी ही उसे बचा सकता था।

* 'तलईकुत्तल' तमिलनाडु के पिछड़े इलाकों में प्रचलित एक प्रथा है, जिसमें कमजोर और अशक्त बूढ़े-बुढ़िया से निजात पाने के लिए उन्हें मार दिया जाता है। मारने की कई विधियाँ हैं जिनमें ठंडे पानी से नहलाकर नारियल पानी पिला देना, पेट में संक्रमण करने के लिए गोबर, कीचड़ या मानव-मल घोलकर पिला देना, नाक बन्द कर दूध पिलाना आदि।

इस तरह से मरने में एक-दो दिन लग जाते हैं और यदि मरनेवाले का पोस्टमॉर्टम भी हो तो हाइपोथरमिया, पेट में संक्रमण, दिल का दौरा आदि कारण सामने आते हैं।

तो उसे अपना हाथ हिलाना भी मुश्किल लग रहा था। कमजोरी की वजह से कुछ बोलना भी श्रमसाध्य लग रहा था। घर लोगों से भरा था, पर उसकी ओर ध्यान देनेवाला कोई नहीं। अनजान घर में उसके अपने रिश्तेदार भी थे और पति भी, सब ऐसे निश्चिन्त जैसे उन्हें याद ही न हो कि एली बीमार और भूखी पड़ी है। कोई बता दे कि डॉक्टर कब आएगा, आएगा भी या नहीं। अपने सूखे होंठों पर उसने जीभ फिराई, होंठ पर पपड़ी जम चुकी थी। उसकी ऐसी हालत कभी हुई ही नहीं थी। वह पराश्रित थी और बीमार भी।

—डॉक्टर आज नहीं आ पाया। कल आएगा...और अगर कल तक न आया तो मैं तुम्हें खाना दे दूँगा। तुम्हारी हालत मुझसे देखी नहीं जाती।

दोपहर बाद पति की यह बात सुनकर एली की आँख से थोड़ा पानी बह निकला। वह निश्चित नहीं कर पा रही थी कि भूख की मियाद बढ़ाए जाने के कारण आँसू बहे हैं या पति को उसकी चिन्ता है, यह जानकर रोना आ गया। जो दर्द उसके भीतर प्रवेश कर चुका है, उसकी पीड़ा से रोना तो उसने कब का छोड़ दिया था। पीड़ा इतनी गहरी थी कि रोने से उस पर कोई प्रभाव नहीं पड़ता। दिन अपनी ही गति से बीत रहा था लेकिन सबको लम्बा लगने लगा था। रिश्तेदार ऊब रहे थे। सबने गर्मी की दोपहर सोने-ऊँघने में निपटाया था और किसी-किसी की शाम शराब में बीती थी। रात एली पर कहर बनकर टूटी। भूख से बेहाल होकर उसने ख़ुद को बिस्तर से उतारकर कोई इन्तजाम करने की सोची। इसी क्रम में वह बिस्तर से गिर पड़ी। उसकी चीख़ भी नहीं निकल पाई, पर गिरने की आवाज़ से लोग उठ गए थे। उन्होंने उसे वापस बिस्तर पर डाला। उसका दर्द कई गुना बढ़ गया था। वह चाह रही थी कि कोई उसका शरीर कमर से काटकर अलगकर दे। असह्य पीड़ा और कमजोरी के मारे वह बेहोश हो गई।

सुबह अत्यधिक ठंड से वह होश में आई। आँखें खोलने जितनी ताकत भी नहीं बची थी। खुलती बन्द होती पलकों और चमड़े पर लगती ठंड के बीच उसे महसूस हुआ कि उसके ऊपर बहुत ठंडा पानी डाला जा रहा है, उसके शरीर से वस्त्र हटाए जा चुके थे। कोई उसके ऊपर कम्बल डाल देता।